여기서
우리는
괜찮은
사람이
됩니다

여기서 우리는 괜찮은 사람이 됩니다

나드

정화

그레텔

유자

담화

김귤

은슬

모그

바람

둘리

바우새

이불

차 례

당신을 초대하며   6
추천하는 글   9

나드   고통 밖에서 울다   12
    허물어지는 삶이 생을 일깨운다   22

정화   회사를 그만두고 아이를 봐   34
    그 사람 부모 뭐하는 사람인데?   41

그레텔   그레텔 이야기   50
    할머니는 숲에 산다   66

유자   연애하지 않을 자유   76
    여름에는 열지 않는 생선 가게   85

담화   나의 쾌적한 주거생활 권리   94
    엄마의 그 많던 밥은 누가 다 먹었나   105

| 김귤 | 취준생의 뱃살 | 115 |
| | 'PC방'이라는 피난처 | 122 |

| 윤슬 | 나의 행복지수 | 130 |
| | 연기자가 되고 싶어요 | 140 |

| 모그 | 망한 성형, 성공한 보톡스 | 152 |
| | 뉴노멀에 정원사가 할 일 | 161 |

| 바람 | 서러운 짐은 살아가는 힘 | 171 |
| | 우리 모두 기생하며 살고 있지 않은가 | 180 |

| 둘리 | 고3이 아니라 열아홉이다 | 192 |
| | 가깝고도 먼 | 200 |

| 바우새 | 생일 | 210 |
| | 별자리 | 217 |

당신을 초대하며

　누군가에게 들려주고 싶은 당신만의 이야기가 있는
지요? 이미 당신은 블로그나 페이스북을 통해 당신의
이야기를 기록해왔을지도 모릅니다. 다양한 매체를 통
해 누구나 자기 이야기를 쓸 수 있는 시대에 살고 있지
만 정작 우리 이야기에 온전히 귀를 내어줄 사람이 얼
마나 있을까요? 또 우리는 얼마나 솔직하게 자신을 드
러낼 수 있을까요? 말과 글이 넘쳐 나지만 공감의 소통
은 부족하다 느끼지 않는지요?

　이 책에는 우리가 당신에게 들려주고 싶은 스물 두
편의 이야기가 있습니다. 김귤, 유자, 나드, 윤슬, 둘리,
모그, 정화, 담화, 그레텔, 바람, 바우새. 지난 3년간 글
을 쓰면서 함께 한 우리의 애정 어린 별칭입니다. 우리
는 『글쓰기의 최전선』의 작가 은유의 글쓰기 수업에서
처음 만났습니다. 처음에는 글을 잘 써보고 싶은 마음

에 한자리에 모였겠지만 이 책을 펴내는 지금 우리에겐 글을 쓰는 또 하나의 강력한 이유가 생겼습니다. 바로 글을 통한 삶의 연결입니다. 저마다 삶의 위치에서 풀어낸 글을 공유하면서 〈여기〉는 우리에게 힘이 되는 특별한 장소가 되었으니까요.

여기서 우리는 자신의 생각대로 상대를 쉬이 판단하지 않습니다. 섣부른 조언도 하지 않습니다. 어떤 마음으로 이 글을 썼을까 가만가만 헤아려봅니다. 책과 글을 앞에 두고 각자 느끼는 감정을 방해하지 않으려고 세심한 주의를 기울입니다. 이런 마음들이 있었기에 때론 초라한 마음도, 남에게 내비치기 어려운 망설임도 글이 될 수 있었습니다. 글을 쓰면서 삶의 무게가 덜어졌다고 할 수는 없겠지만 은유의 표현대로 우리가 함께 한 시간이 '나는 이런 사람'이라는 정체성의 확인이 아니라 '다른 내가 될 수 있는 가능성'이자 '내가 무엇을 할 수 있는지 알아가고 발견하는 시간'이 되었다면 우리는 정말 괜찮은 사람이 되어가는 게 아닐까요?

이 책에 수록된 글들은 20대에서 60대에 이르는 다

양한 삶의 서사입니다. 대학을 막 졸업한 취업 준비생의 이야기도 있고, 그림 작업으로 자신의 서사를 구축하는 화가의 이야기, 가족과 결혼, 나이 듦, 돌봄 노동 안에서 벌어지는 갈등, 아픈 몸을 살며 자신의 통증을 응시하는 시선 등등. 이 책을 온전히 읽게 될 당신이라면 다양한 연령대와 경험을 가진 사람들이 동시대를 통과하는 삶의 시선을 엿볼 수 있을 겁니다.

에세이, 동화의 재구성, 인터뷰, 소설, 리뷰. 다양한 개성으로 마련된 글을 차려놓고, 당신을 초대합니다. 우리는 이 책에 당신이 우리에게 말을 걸 수 있는 지면도 특별히 마련해 두었습니다. 이야기 하나 끝날 때마다 우리가 댓글로 마음 한 자락 얹은 것처럼 당신도 어느 이야기, 구절에 마음이 가닿는다면 우리에게 말을 걸어 주십시오. 이 책은 당신의 댓글로 새롭게 완성될 테니까요.

P.S. 은유 작가가 여기 글들에 대한 자신의 리뷰를 실어도 좋다고, 흔쾌한 마음으로 응원해 주었습니다. 은유 작가에게도 감사의 마음 전합니다.

"지금까지 가장 많이 처방한 책은 무엇인가요?"

한 사람을 위한 책을 처방해주는 사적인서점을 운영하며 종종 받는 질문입니다.

"은유 작가의 『글쓰기의 최전선』이요." 사적인서점을 시작한 이래로 이 대답은 한 번도 바뀐 적이 없습니다. 생각이 너무 많은 사람에게, 나를 돌볼 여유가 없는 사람에게, 자존감이 낮은 사람에게, 글을 잘 쓰고 싶은 사람에게 저는 이 책을 만병통치약처럼 처방해왔습니다. 내가 나를 설명하고 이해하는 언어를 갖고 싶을 때 꺼내 읽으면 도움이 될 거라 여겼으니까요.

『여기서 우리는 괜찮은 사람이 됩니다』는 은유 작가와 함께한 '감응(感應)의 글쓰기' 수업에서 출발한 책입니다. 나이, 성별, 직업, 취향이 저마다 다른 이들이 3년이란 시간을 함께 하며 삶의 시선을 글로 풀어내고, 서로에게 말을 걸고 귀 기울이며 공감을 나눈 기록입니다. 각기 다른 삶의 배경과 경험과 감각에서 건져 올린 사유도 좋았지만, 무엇보다 이 책을 특별하게 만드는 건 댓글을 통해 서로에게 보내는 감응(感應)의 태도입니다. 서로 다름에 공감하고, 질문하고 배우면서 나아가는 이들의 이야기를 엿보면서 저는 니체의 말을 떠올렸습니다. "우리가 충분히 배우고 우리의 눈과 귀를 충분히 연 경우 언제든 우리의 영혼은 더욱 유연하고 우아하게 된다."

『여기서 우리는 괜찮은 사람이 됩니다』는 왜 글을 쓰는지, 글쓰기가 삶에서 어떤 의미를 가지는지, 글을 쓰며 자신과 마주하고 타인과 교감하는 시간의 힘을 보여주는 책입니다. 읽고 쓰며 달라지는 삶. 이 책에는 그 생생한 과정이 담겨 있습니다. 당신도 그 삶을 누리게 된다면 좋겠습니다. 유연하고 우아한 영혼을 지닌 열한 명의 저자들처럼요.

사적인서점 대표 정 지 혜

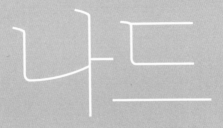

 # 최근 당신을 가장 설레게 했던 경험은?

춤을 배우고 있다.
춤과 전혀 상관없는 인생이라고 생각했는데
우연히 시민 연극에 참여한 후 몸으로 무엇인가
표현하고 싶다는 갈망이 생겼다.
음악을 타면서 춤을 추는 찰나의 순간,
콩콩 뛰는 심장에 살아있다는 설렘이 스며든다.

고통 밖에서 울다

　잠들지 못하는 밤은 예사였다. 창밖이 어두워지면 온몸의 통증은 환하게 불을 밝힌다. 침대에서 한참을 뒤척이다 오랜만에 TV를 켰다. 감정 없는 로봇처럼 채널을 돌리다 화면 한 구석의 글자를 보고 손가락을 멈췄다. '얼굴 뼈가 녹는 여자'. 렛미인. 사연을 가진 사람들이 지원을 하면 매주 한 명씩 채택해서 수술을 해주는 프로그램이었다. 얼굴 뼈가 녹는 여자라니. 안타까운 마음에 어떤 사연인가 궁금해하면서 TV 앞으로 다가앉았다.

　'충격적인 사연으로 렛미인을 찾은 지원자'라는 자막이 떴다. 주인공의 얼굴이 나왔다. 핼쑥한 비대칭 얼굴, 지친 기색이 역력한 표정, 생기를 잃은 눈동자. 퇴행성 관절염으로 턱뼈가 녹아내리고 있단다. 오른쪽 턱뼈가 녹아서 일그러진 좌우 비대칭의 얼굴. 아메바처럼 일 그러진 오른쪽 턱관절이 엑스레이에 보였다. 손상된 턱 관절 부위의 뼈가 녹아서 위턱과 아래턱의 돌기가 울퉁 불퉁 마모되어 있었다.

갑자기 명치 위쪽에 큰 돌로 내리치는듯한 묵직한 통증이 덮쳤다. 내가 울고 있었다. 아니 통곡하고 있었 다. TV 속 나를 잡아끈 불행한 사연이 내가 지나온 이 야기라는 걸 머리가 알아차리기 전에 몸이 먼저 반응했 다. 영혼과 몸이 분리된 사람처럼 잠시 어리둥절했다. 순간 영혼이 몸에서 스르륵 빠져나온 것 같았다. 놀란 영혼은 TV 앞에 주저앉아 가슴을 부여잡고 서럽게 우 는 나를 우두커니 바라볼 뿐이었다. 몸속의 작은 세포 하나하나가 지나간 고통을 고스란히 기억하고 있었던 걸까. 몸이 마음보다 민첩하고 정직했다.

선천적인 안면 비대칭이 점점 심해지면서 턱관절에 문제가 생겼다는 TV 속 지원자는 수술을 위한 선(先) 교정을 하고 있었다. 하지만 어려워진 가정 형편 때문 에 수술하지 못한 채 오른쪽 턱의 퇴행성 관절염은 계속 악화되었다. 수술을 받고 싶어서 TV에 사연을 신청했단다. 발병하기 전 그녀의 사진이 턱뼈가 손상된 지금의 모습과 대비되어 화면을 채우고 있었다.

턱을 다치기 전까지 내 치아와 턱은 완전히 멀쩡했었다. 고등학교 때, 교실에서 넘어져 책상에 턱을 부딪혔다. 이후 턱관절 수술을 받으며 턱과 교합이 조금씩 변했지만 내 모습을 받아들이기 힘들지는 않았다. 하지만 재발하면서 양쪽 턱에 모두 퇴행성 관절염이 생겨 뼈가 녹아내리는 것은 다른 세상으로 들어가는 일이었다.

일상을 침범하는 통증이 이어졌고, 왼쪽과 오른쪽 뼈의 녹는 정도가 달라서 위턱은 오른쪽으로, 아래턱은 왼쪽으로 돌아갔다. 치아까지 완전히 어긋났다. 손상된 아래턱뼈는 제자리를 벗어나 뒤로 들어가 버렸다. 사정없이 밀려 들어간 아래턱뼈가 기도를 막아서 숨쉬기도 힘들었다. TV 속 진행자와 관객들이 놀라며 안타까워하는 주인공보다 내 사연이 조금도 가볍지 않았다. 아니 한쪽이 아니라 양쪽이 다 아픈, 두 번이나 수술하고 재발했던 내 상태가 분명히 더 나빴다.

　TV 속 지원자의 아픔을 아는 유일한 사람이 되어 화면 속으로 끌려 들어갔다. 안다는 것은 머리를 끄덕이는 공감이 아니었다. 얼마나 힘들었을까, 다른 사람이 되어보는 이해도 아니었다. 지나온 기억이 모든 세포에 새겨져 있는 묵직한 통증이었다. 진통제를 하루에 열 병씩 먹어야 하는 그 통증을 나는 알고 있었다. 몸을 던지려고 여러 번 옥상에 올랐다는 그녀의 발걸음의 무게를 고스란히 느꼈다. 저 사람의 몸무게를 37kg까지 빠지게 한 앙상한 일상을 내 몸은 알고 있었다. 일상이 부서지는 날들을 감당하다 TV에 사연을 신청했을 그녀의 간절함이 마음을 짓눌렀다. 숨이 막혔다. 십 년 전, 온몸의 수분이 빠져나가도록 울던 내 모습이 어른어른 살아났다.

　지나온 아픔이 전시되고 있었다. 그저 시청하려고 TV 앞에 앉았는데 어느새 주인공이 되어 고통의 한복판에 서 있었다. 수면제를 수십 알 털어 넣어야 겨우 잠들던 내가, 다음날 깨지 않기를 간절히 바라던 내가 저기 보였다. 시큰한 통증 때문에 울컥하면서 숟가락을 내려놓던 내가 밥상 앞에 앉아 있었다. 수박까지도 블렌더로 곱게 갈아서야 먹을 수 있었던 여름이 보였다. 귀에서 사이렌 소리가 수시로 울리고, 머리가 깨질 듯한 통증 때문에 한 시간도 편히 잠들지 못하던 내가 침대에 누워 있었다. 진통·소염제 때문에 위가 약해져 애써 먹은 것을 토해내는 모습도 보였다. TV 속 다른 사람의 사연을 통해 저릿하게 살아나는 내 모습이 마음을 날카롭게 긁었다. 고통에 파묻혀서 그 시간을 지나왔기에 고통 밖에서 고통 안의 내 모습을 바라보는 것은 낯설었다.

프로그램이 끝나고도 나는 한참을 일어나지 못했다. 눈물과 콧물을 닦은 휴지가 바닥에 점점 쌓여갔다. 이후에도 한참을 잠들지 못했던 것은 단지 지나간 아픔 때문만은 아니었다. 결과가 좋으면 과정은 미화될 수 있다. 금메달을 딴 사람과 아깝게 메달을 놓친 사람이 기억하는 훈련의 고통이 다른 것처럼, 과거의 기억은 현재의 상황에 따라 다르게 편집되고 해석된다. 그래서 고통 그 자체뿐 아니라 '해석된' 고통을 함께 앓는다. 모험 같았던 수술을 받고 회복돼서 그리워하던 일상으로 복귀할 수 있었다면, 고통 안에 있는 나를 보는 마음이 조금은 가벼웠을 것이다. 하지만 해피 엔딩으로 편집될 수 없는 현실이 과거의 기억을 더 아프게 해석했다.

그런데 이상한 일이었다. 그날 이후, 지난 시간을 떠올릴 때 이따금씩 느껴졌던 가슴의 통증이 사라졌다. 드라마를 보다가 수술 장면만 나와도 온몸이 찌릿하던 아픔도 조금씩 잦아들었다. 2012년의 가을밤, 하필 그 시간에 그 사람 이야기를, 내 이야기를 보게 된 것일까. 어쩌면 내게 위로가 필요해서가 아니었을까. 고통 안에서 우는 것은 비명이었다. 하지만 고통 밖에서 나를 위해 우는 것은 위로였다. 힘든 시간 한가운데에 있을 때는 줄곧 자신을 잃어버린다. 고통에서 탈출하고 싶은 간절함과 좌절이 뒤섞여 내내 비명을 지른다. 그래서 고통 밖에서 고통 안의 나를 바라보는 것은 가장 익숙하면서 가장 낯선 일이 된다.

아무에게도 이야기하지 못한 마음을, 표현할 수 없

었던 슬픔을 마주하는 시간은 흘린 눈물의 양만큼 마음을 씻어 내렸다. 아픔에 묶인 나를 놓아주기 위해 그만큼의 눈물이 필요했던 것일까. 두툼한 고통의 갈피마다 숨어있던 그 시간의 나를 위해 온전히 울어줄 누군가가 절실히 필요했었고, 그게 바로 나였는지도. 슬픔 때문에 우는 것이 아니라 슬퍼하는 나를 위해 우는 것, 그 낯선 눈물을 통해 잊고 싶었던 나를 끌어안는다.

그레텔

마음이 아니라 온몸의 세포가 반응하고 먼저 통곡하는 고통의 기억. 감히 나드만큼의 고통을 경험했다 할 수 없는 저에게도 그 숙연한 진실이 전해집니다. 솔직히 극심한 타인의 고통 앞에서는 그걸 어떻게 받아들여야 할지 어떻게 반응해야 할지 종종 난감해지곤 합니다. 한 사람의 타인뿐 아니라 사회 전체가 함께 겪는 트라우마 앞에서도요. 모르는 척도, 눈물 몇 방울로 이해하는 척도 할 수 없어요. 고통 안에서 우는 것은 비명이지만, 고통 밖에서 우는 것은 위로였다는 말이 인상적입니다. 온몸으로 해낸 나드 특유의 명징한 문장들은 그것을 필요로 하는 누군가에게 가닿아 스스로를 위로하는 힘이 될 거 같아요.

둘리

그레텔의 댓글에 전적으로 공감합니다. 어쩌면 타인의 고통은 영원히 타인의 고통일 뿐이란 생각이 듭니다. 고통 안에서 우는 것과 고통 밖에서 우는 것, 이 둘의 의미를 나드 글에서 생각해보게 되네요. 정말 고통 밖에서 나드를 위해 잘 울어주었어요.

바람

이야기의 힘을 보여주네요. TV 참가자의 사연을 고통 밖에서 보며 위로받는 나드, 나드 스스로의 이야기를 쓰며 받는 위로, 감히 상상도 못해본 아픔을 겪은 사람의 글을 통해 받는 묵직한 위로. 상황과 깊이는 다를지라도 각자 아픔과 고통의 시간을 누구나 겪어내고 있는 거니까요. 글의 세밀한 묘사는 제가 배우고 싶은 나드 글의 장점입니다.

나드

오래전부터 간직했던 장면이 글이 되는 과정을 통해 여러 사람들과 소통하면서 아픔의 무게가 가벼워지는 것 같아요. 세밀한 묘사는 언제나 제일 어렵지만, 계속 연습하면서 표현하고 싶은 본질에 가까이 갈 수 있다면 좋겠어요. 그 시행착오를 함께 할 수 있는 사람들이 있다는 것에 감사 드립니다.

당신의 댓글을 기다립니다.

#당신이 기억하는 삶의 고통은?

그 고통으로 당신이 배운 게 있다면?

/나드

허물어지는 삶이 생을 일깨운다

'메멘토 모리(Memento mori)'. '죽음을 기억하라'. '너는 반드시 죽는다는 것을 기억하라'는 뜻의 라틴어다. 로마에서 승전하고 돌아온 장군이 시가행진을 할 때, 노예를 시켜 이 말을 외치게 했다. 순간의 승리에 도취되지 않도록 죽음을 상기시키는 장면이다. 성공과 환호 한가운데서, 결국 죽을 수밖에 없는 존재라는 각성은 삶의 균형추가 된다. 그렇다면 죽음이 스며있는 순간에는 무엇을 기억해야 할까. 죽음을 애써 기억하려 하지 않아도 죽음이 보이고 죽음을 떠올리게 되는 곳, 그래서 오히려 삶을 환기 시키는 곳이 있다.

6인실 병실. 저녁 8시 이후 보호자가 머물지 않는 포괄 병동의 밤은 일찍 시작된다.

맞은편 복도 쪽 환자가 또다시 소리를 질렀다. 50대 중반의 여성. 밤만 되면 랩을 하듯이 아프다고 중얼거린다. 종이 같은 것을 찢고 구기는 소리도 들렸다. 10분마다 간호사를 호출했다. CT 촬영을 하러 가기 위해 온 조무사가 침대를 건드렸다고 고함을 질렀다. 방 안의 모든 사람이 다 깼다. 전날 수술을 받은 나는 인상이 찌푸려졌다. 벌써 삼 일째다. 첫날은, 암 환자니까 아파서 그런가, 안타까운 마음에 이어폰을 꽂고 음악을 들었다. 수술 날이었던 둘째 날은 어차피 내가 아파서 잠을 못 자니까 그냥 넘겼다. 셋째 날, 깨달았다. 매일 이러면 입원 내내 밤새 한숨도 잘 수 없을 거라는 것을.

암 수술을 하고 퇴원했다가 다시 입원했다는 환자. 처음엔 정말 아파서 그런 줄로만 알았다. 그런데 좀 이상했다. 낮에는 몰래 만둣국도 시켜 먹고 갈비탕도 시켜 먹는다. 불 켜고 끄는 것도, 커튼을 여닫는 것도 6인실 병실에서 자기 마음대로다. 쿠팡에서 택배를 시키고 쿠팡맨에게 심부름을 시키기도 했다. 우리 엄마한테 기저귀를 사 와라, 김밥을 사 와라, 자기 쓰레기통을 비워 달라고도 했다. 수시로 응급 벨을 누르고 간호사들을 호출해서 소리를 지르고 불평을 늘어놓는다. 그러다가 의사가 오면 얌전한 고양이처럼 온순해졌다. 나는 밤새 소란에 시달렸고, 다음날 아침이 밝자 병실을 옮겨달라고 요청했다.

옮긴 병실 중 세 명이 그 환자 때문에 피난 온 사람이었다. 새로 옮긴 방 창가 쪽 환자는 수액 걸이에 여러 개의 주머니를 주렁주렁 달고 있다. 중환자라는 일종의 표시다. 간암과 췌장암이라는 50대 초반의 여성은 음식도 거의 못 먹고 수액에 의지하고 있다. 밤이 되면 고통스러워하며 신음을 가늘게 내뱉었다. 몰핀 (마약성 진통제)에 의지하고 있다. 이따금씩 주렁주렁 달린 링거를 달고 움직인다. 낮에는 밝은 목소리로 이야기하기도 한다. 혼자 사느라 힘들게 일하고 아끼기만 하고 살았는데, 암에 걸리고 보니 그게 아쉽단다. 다행히 좋은 보험을 여러 개 들어놓아서 보험비가 많이 나왔다며, 그 돈으로 딱 십 년만 더 살았으면 좋겠다고 이야기했다.

가장 예후가 안 좋다는 췌장암과 간암. 나날이 야위어 가는 몸과 점점 검게 변하는 그의 안색을 보면서 십 년이란 시간이 우주의 기원처럼 멀게 느껴졌다. 이루어 지기 어려운 소망의 아련함이 마음을 찔렀다. 며칠 전, 같은 방에 있던 담낭암 환자가 갑자기 하늘나라로 갔다고 이야기하며 기분이 이상하다고 했다. 같은 병실에서 숨 쉬다가 하루아침에 다시 돌아올 수 없는 곳으로 가버린 빈자리를 보면서 어떤 생각을 했을까. 삶과 죽음의 아슬아슬한 경계를 조심스레 걷는 사람의 오늘 하루는 얼마나 간절할까.

두 환자의 공통점은 미혼의 50대 여성, 암 환자이다. 많은 시간 홀로 투병하고 있는 것도, 살고 싶어 한다는 것도 같다. 하지만 두 사람이 자신의 병을 받아들이는 방식은 전혀 달랐다. 고통을 받아들이는 사람의 태도로 그 사람이 어떤 삶을 살아왔는지 짐작할 수 있다. 의학이 발달해서 이제는 암이 곧 죽음을 의미하지 않지만, 삶의 한쪽이 허물어지는 일임은 부정할 수 없다. 허물어지는 삶은 사람의 민낯을 드러낸다. 허물어지는 매 순간은 리허설이 없는 혹독한 실전이다. 우리는 창창한 미래를 위해 준비하는 법을 배웠을 뿐 고통을 마주하는 방법을 미리 배우지 못했다. 그래서 낯선 고통이 삶을 장악할 때늘 늘 서툴다. 모든 사람을 밀어내는 옆방의 그 환자도 어쩌면 그것이 자신에게 찾아온 낯선 시간을 받아들이는 최선의 방법이었을지도 모른다. 질병을 받아들이지 못해서가 아니라 질병을 앓고 있는 자신을 받아들이지 못해서 스스로를 괴롭히는 것일지도. 문득 그 환자가 안쓰러워졌다.

진료실에서 돌아오자 마자 나는 커튼을 치고, 침대에 털썩 누웠다. 의사가 모니터로 보여 준 수술 장면이, 검게 물든 복강의 이미지가 머릿속에서 고장 난 필름처럼 반복해서 재생되었다. 얇은 커튼 사이로 울음소리가 새어 나갈까 봐 손으로 입을 막고 흐느꼈다. 휴대폰을 집어서 '자궁내막증'을 검색했다. 수술을 받고 자궁의 커다란 혹을 이제 막 떼었는데, 생소한 병명을 하나 더 얻게 되었다. 이 주일 전에 파열되었던 혹은 단순 물혹이 아니라 자궁내막종이었다. 복강에 내막종의 검은 피가 완전히 스며들어서 제거할 수 없었다는 의사의 설명과 함께 "재발할 가능성이 큽니다"라던 목소리도 선명했다. 네 번째 수술 직후 다섯 번째 수술의 가능성을 예고 받은 셈이었다. 고등학교 때 턱관절을 다친 이후

이십 년 가까운 시간 동안 아팠고, 그 대부분의 시간은 수술과 연결되어 있었다. 음식 조절, 운동, 치료 모두 최선을 다해서 열심히 했다. 그런데도 몸은 아픔에 매여 일정 거리 이상 달아나지 못하고 있었다.

그저 수술이 두려운 것이 아니었다. 외롭게 죽어가는 내 모습이 그려지는 것이 고통스러웠다. 수술 때마다 내 곁을 지키는 엄마는 이제 일흔이 넘었다. 결혼도 하지 않아서 남편도 자식도 없는데 나중에 엄마가 돌아가시면 어떡하나. 병실의 저 두 환자들처럼 홀로 외롭게 수술을 받으면서 지내야 하는 걸까. 네 번의 수술. 칼로 피부와 근육을 절개하는 과정. 네 번의 전신마취. 쪼그라들었던 폐에 쌓인 마취약을 뱉어내며 고통 속에 회복실에서 깨어나는 일. 계속 투여되는 항생제와 진통소염제. 수술은 몸의 일부는 회복시키지만 다른 부분을 약하게 만든다. 그래서 이미 폐도, 심장도, 갑상선도 그리 건강하지 못하다. 죽음이 깃든 병실의 공기를 마시면서 죽음을 떠올려본다. 외롭게 병들어 수술을 받으면서 생을 마감하고 싶지는 않다. 그렇다면 갑자기 죽는 게 더 나을까. 그렇다면 소중한 사람들과 작별인사를 할 수 없겠지. 삶을 마무리할 수 있는 시간이 주어지지 않는 것도 잔인한 일이지 싶었다. 죽음은 피할 수 없는 것이지만, 서서히 죽는 것도 갑자기 죽는 것도 받아들이기 쉬운 일은 아닐 것이다.

병원 복도에 지지대를 붙잡고 걸음마 연습을 하고 있는 여자가 있다. 그 곁엔 그녀의 어머니와 아버지가 그녀를 부축하고 있다. 그녀가 걸음을 뗄 때마다 '하나', '둘' 하는 아버지의 구령 소리가 들렸다. 자궁근종인줄 알았는데 수술하려고 열어보니 자궁내막암이었단다. 그래서 자궁과 자궁 경부, 대동맥 림프절까지 절제해서 아직까지 혼자서 걸을 수 없다. 수술 후 일 년이 지났는데 아직도 걸음마 연습을 하고 있다. 그 힘든 시간을 겪고도 '아직도' 제대로 걷지 못하는 것일까. 아니면 일 년 동안 매일의 노력이 쌓여 '이만큼이나' 걸을 수 있게 된 것일까. 내 삶도 언제나 그 사이에서 방황했다. 여러 번의 수술을 받고 긴 재활의 시간을 겪고도 고작 '이만큼 밖에' 나아지지 않은 것인지, 아니면 그 지난한 과정을 통해 '이만큼의' 삶을 얻어낸 것인지. 누구에게나 최선을 다해 걸어도 뒷걸음질 치는 것 같은 시간

이 있다. 그래도 완전히 무너지지 않기 위해 절룩거리면
서라도 통과해야 하는 길이 있다.

누구도 아픔과 죽음을 피해갈 수 없다. 갑작스레 또
는 서서히 삶의 한 모퉁이가 허물어지는 시간을 건너가
야 한다. 허물어지는 순간을 지나는 사람들은 저마다
의 이야기로 나를 일깨웠다. 그들은 어떤 위로나 격려
의 말보다 강력하게 삶을 환기 시켰다. 허물어지는 시
간 또한 생생한 삶 그 자체라고. 나약해지는 모습도 삶
을 충만하게 채워 나가는 과정이라고. 죽음과 아픔으
로 둘러싸인 곳에서, 나는 하나의 이유를 붙잡고 무너
지는 마음의 균형을 찾을 수 있었다.

'그 모든 슬픔은 살아있다는 증거다.'

담화

나드 글은 다시 읽어도 묵직하네요. 삶과 죽음이 혼재되어 있는 장소, 병실에서는 순간순간이 삶이었다, 죽음이었다, 경계선이었다 하지요. 그곳에서의 시간을 버티며 자신도 버텨낸 나드가 느껴집니다. '그 모든 슬픔은 살아있다는 증거다' 라는 마지막 글에서 계속 머무르게 되네요.

모그

오랜만에 나드 글 읽습니다. 껑충 뛰어 올랐다 해야 하나… 고통의 언어들이 차분해지고 깊어졌다고 해야 하나… 책이라면 밑줄 긋고 싶은 구절이 많습니다.

그레텔

고통과 그것을 대하는 타인들의 태도를 조용히 바라보면서 그 시선으로 자신을 다시 바라보고, 결국 이 글을 읽고 있는 누군가 역시 스스로를 바라보게 만드는 부드럽고 강력한 글입니다. 나드의 글은 고통 안에서 쓴 글이면서도 고통 밖에서 응시하는 시선이 함께 있어서 설득력이 큰 거 같아요. 이 글은 정말 밑줄 긋고 싶은 문장들이 하나 둘이 아니어서 인용을 포기하는 게 낫겠어요. 특히 삶의 모퉁이가 허물어지는 걸 통해 살아있음을 경험한다는 역설은 저도 이제야 조금 이해할 거 같아요.

바람

그러게요. 낯선 고통이 삶을 장악한다는 것은 언제나 새로운 경험이

고 그래서 언제나 서툰 거 같아요. 낯선 것에 언제나 서툴기 마련이구요. 그렇게 서툴게, 어정쩡하게 두리번거리며, 일회성의 삶을 건너가게 되는 것 같아요. 이런 어리숙함도 살아있으니 느끼게 되는 거겠죠... 슬픔 속에서 퍼 올린 삶의 증거에 기대어 힘을 얻습니다.

둘리

동일한 삶의 모습이 누구에게는 <아직도>로 포착되고 또 다른 누군가에게는 <이만큼이나>로 전달되는 간극이 아프게 느껴지네요. 타인의 삶을 너무 쉽게 재단하지도, 판단하지도 말아야겠다, 새삼 자신을 돌아보게 됩니다.

은유

나드의 이번 글은 정말 좋네요. 6인 병실에서 만난 두 환자의 인물이 생생하고 아픔까지 고스란히 전해지고, 그들을 바라보고 이해하는 필자의 시선까지. 자신에게 찾아온 낯선 시간을 받아들인다는 해석이 좋습니다. "의학이 발달해서 암이 곧 죽음을 의미하진 않지만 삶의 한쪽이 허물어지는 일임은 부정할 수 없다" "우리는 창창한 미래를 준비하는 법을 배웠을 뿐 고통을 이겨내는 방법을 미리 배우지 못했다." "낯선 고통이 삶을 장악할 때 서툴다." 거기서 커튼 치고 울고 있는 나에게로 시점 이동에서 복도의 걸음마 연습하는 여자까지, 각기 다른 상황인데 한몸처럼 자연스럽게 연결되네요. "한번 수술을 받으면 다음 수술이 예고되었다" "여러 번의 수술을 받고 긴 재활의 시간을 겪고도 고작 이만큼밖에 못사는 것인지, 아니면 그 고통스러운 과정을 통해 이만큼 삶을 얻어낸 것인지." 이런 문장이 힘 있게 글을 받쳐줍니다.

/나드

당신의 댓글을 기다립니다.

#삶의 고뇜을 견디는 당신만의 비법이 있다면?

_____

_____

_____

_____

_____

_____

_____

_____

_____

_____

_____

_____

_____

_____

_____

_____

_____

_____

정화

 # 왜 글쓰기를 하는가?

살면서 생애주기마다 많은 일을 겪고 인연을 만나고
좌절을 이겨내고 살고 있기는 하지만
내가 성숙했다는 기분을 느끼지는 못했다.
우연히 글쓰기를 시작하면서 내가 누구인지,
어떤 욕망을 가진 사람인지 알게 되었다.
글을 쓰고 나면 왠지 조금 더
나은 사람이 되어간다는 안심이 든다.

"회사를 그만두고 아이를 봐"

"회사를 때려치우고 아이를 봐! 그게 우리 모두 살 길이야!"

여느 때와 똑같이 동공이 풀리고 녹초가 되어 3개월 된 딸아이를 힘없는 얼굴로 바라보며 웃고 있는 남편에게 조용하고 단호하게 말했다.

남편은 사진과를 졸업한 포토그래퍼다. 강남에서 제품 사진을 찍는, 이 업계에선 제법 큰 회사를 다닌다. 주로 옷, 신발 등 잡화물을 찍고, 간간이 모델과 함께 콘셉트 사진을 찍는다. 하지만 사진 찍을 소품들을 직접 일일이 다림질하고 세팅하는 일도 하고, 사진을 찍지 않을 때는 디자인 작업도 한다.

환기가 잘 안 되는 지층에서 하루 종일 햇빛 한번 못

보고 쉼 없이 셔터를 눌러야 하는 남편은 돋보기 안경을 쓰지 않으면 아무것도 안 보이는 시력이 되었고, 무거운 카메라 때문에 손목엔 터널 증후군까지 왔다. 또 사진을 다양한 각도에서 찍어야 하기 때문에 온몸에 근육통을 항상 달고 산다. 도수 치료를 받기 위해 37년 만에 처음 가입한 보험은 병원 갈 시간이 없어 돈만 꼬박꼬박 쑤셔 넣고 있으니, 박봉인 월급은 각종 세금, 통신비, 공과금으로 들어오기 무섭게 제로이다..

돈도 못 벌어, 시간도 없어, 몸도 아파, 이만큼 희생해서 얻는 것이 최소한의 생존뿐인 거 같아 남편이 일하는 것을 보면 늘 초조하고 불안하다. 하지만 남편은 일은 하고 싶어서 하는 것이 아니라 해야 하기 때문에 하는 것이라며 모두들 이렇게 산다고 한다. 하지만 어떤 형태의 밥벌이든 끊임없는 심신의 소모전이라면, 남의 일 말고 자기 주도로 기획할 수 있는 일을 하는 것이 낫지 않을까?

나는 요리를 가르치면서 카페를 운영하고 이제 막 3개월 된 딸을 키우는 엄마다. 물론 엄청나게 힘들고 노동의 강도와 스트레스도 크다. 하지만 나는 원할 때 일하고, 하고 싶은 일을 하고 있다. 내가 기획하고 주최하기 때문에 일한 만큼 대가가 돌아오고 부가가치도 높은 편이다. 다만 주의할 점은 나도 모르게 폭주 기관차처럼 일을 하고 있을 때가 있다는 것. 습관처럼 자꾸 일을 만들고 기획하다 보면 내가 원하는 일을 하면서도 자신을 소외시키는 노동이 될 때가 있다. 그러나 나는 우리 부부가 서로에게 악셀과 브레이크가 되어 줄 거라 믿는다. 추진력이 있는 나는 기획을, 꼼꼼한 남편은 소소한 뒷감당을 하면 될 것이다.

그렇게 남편은 백수가 되었다.

"나 같은 마누라가 어딨냐"며 큰소리 땅땅 치면서 호기롭게 남편에게 "일을 그만두라"고 했지만 사실 막막하다. 남편은 불안한지 재차 "집에 있다고 뭐라 하지 마라." "육아 전담시키고 바깥으로 나돌지 마라." 등등 몇 번이고 내 대답을 확인한다. 이런 결정이 시댁 어른들에게는 고마운 며느리로, 친정 식구들에게는 불쌍한 딸로 여기는 시선이 느껴져 내 마음을 무겁게 하기도 한다. 하지만 생각해보면 남편이 집에서 육아와 살림을 맡으면 안 되나? 화낼 일인가? 현재 상황에서는 아이에게도 좋고 나에게도 좋을 거 같았다.

결혼 후 1년 동안 가족의 저녁 시간을 당당하게 삼켜버린 남편의 회사에 나는 욕이 나오는데 남편은 끝나는 날까지 최선을 다해 일했다. 남편이 회사를 그만둔 마지막 날, 나는 '백수 만세. 저녁 만세'를 외치고 있다. 앞으로 또 다른 눈물 바람이 닥칠지 모르지만 일단 지금은 백수인 남편이 그렇게 싫지도 막막하지도 않다.

P.S 그 때, 우린 둘 다 전혀 몰랐다. 남편에게 험난한 육아 파파의 길이 어떻게 펼쳐질지. 육아하는 남편을 옆에서 지켜보는, 일하는 아내의 좌충우돌 살아가는 이야기는 앞으로도 계속됩니다.

/ 정화

둘리

정화! 3개월 된 아기의 엄마라는 사실만으로도 숨이 막히는데 많은 일들이 있었군요. 솔직한 정화의 입담에 상황들이 구체적으로 다가옵니다. 포토그래퍼라 하면 예술의 영역으로만 알고 있었는데 정화가 남편의 생활을 묘사한 한두 단락만으로 그 직업의 민낯을 생생하게 경험하게 되네요. '이런 결정이 시댁 어른들에게는 고마운 며느리로, 친정 식구들에게는 불쌍한 딸로'라는 구절이 확 다가옵니다. 동일한 상황도 관계와 통념에 따라 다르게 보이는… 육아가 만만치 않은 일이니 앞으로의 '또 다른 눈물 바람' 잘 통과하기를요. 근데 정화 글의 장점이랄까… 속상하고 힘든 상황을 직설적인 입담으로 풀어내니 드라마 시트콤 보는 거 같아서 자꾸 웃게 되네요. 미안.

담화

정화 글은 솔직한 게 매력. 때론 그런 솔직함이 속도감을 만들어 읽는 이의 속을 시원하게 해주네요. 이번 글에서도 남편이 직장을 그만두는 상황이 솔직, 통쾌하게 그려집니다. 다만 정화가 자신의 일과 상황을 좀 더 디테일하게 보여줬다면 정화와 남편의 상황이 대비되어 남편이 회사를 그만두는 일이 정화 가족에 어떤 의미일지 더 잘 전달되었을 거라 생각해요. 정화에게도 큰 결단이었을 텐데 글에서 정화가 겪었을 고민, 갈등이 잘 드러나지 않아 아쉽습니다.

바람

몸이 아파 일을 쉬어야 하는 심각한 상황을 이렇게 리드미컬하게, 읽기 민망할 정도로 재미있게 쓰는 정화의 힘을 애정합니다!

바우새

정화가 남편과 자신을 브레이크 페달과 악셀 페달로 표현한 적이 있는네, 이런 정화 부부라면 어떤 길도 지나갈 수 있어요. 정화 가정 만세. 그리고 좌충우돌 만세!

/ 정화

당신의 댓글을 기다립니다

#당신에게 풀기 어려운 관계가 있다면 어떤 방식으로 해결하나요?

_____

_____

_____

_____

_____

_____

_____

_____

_____

_____

_____

_____

_____

_____

_____

_____

_____

_____

"그 사람 부모 뭐하는 사람인데?"

인터넷에서 자신의 시어머니를 자랑하는 글을 봤다. 자신의 시부모는 명절 때도 꼭 며느리의 선물과 용돈을 챙겨주는 '깨인' 분들이란다. 자신이 결혼 후 시어머니께 여태 받은 목걸이, 팔찌, 발찌를 쭉 진열한 사진을 올리고 너무 감사하고 행복하다면서 우리 시어머니는 자신에게 명절 때도 물 한 방울 묻히게 하지 않는다고 했다. 자신도 나중에 꼭 이런 시어머님을 본받아 며느리를 아끼고 사랑해줘야겠다는 글이었다.

얼마 전, 친구가 놀러 와서 해줬던 이야기가 생각났다. 자신의 지인 중에 꽤 괜찮은 사람이 있어 동료에게 소개를 시켜주려 했단다. 그 지인은 명문대를 졸업했고, 인성도 괜찮고, 30대 후반에 대학 교수가 된 인재였다. 그를 함께 일하는 동료에게 소개해 주려는데 다른 동료가 만류했다. 이렇게 말했단다. "그 사람 부모님 뭐하는 사람인지 알아? 슈퍼마켓이라도 하고 있음 어떡하려고? 사람을 소개해주려면 그 부모가 뭐하는 사람인지 정도는 정확히 알고 소개해줘야지."

순간 엥? 이게 무슨 소리지? 나는 갑자기 머리가 멍해졌다. '슈퍼마켓이 왜?'라는 생각 말고는 아무 생각도 들지 않았다. 그 동료는 시댁을 '알바 간다'고 표현하는 사람이다. 주말에 뭐했냐는 질문에 "알바 갔다 왔다"며 김장한 시간을 시급으로 쳐 10만원을 주셨다고 하고, 명절에는 그만큼 시간이 길어지니 알바 비용이 두둑해졌다고 자랑한다.

이런 사정을 들으니 그 동료가 의미하는 "슈퍼마켓이라도 하면 어떡하냐!"라는 것이 무엇인지 대충 이해됐고, 고통스러운 감정이 올라왔다. 나는 시댁이 슈퍼마켓이라도 하면 좋아서 팔짝 뛸 것 같다. 나의 시댁은 서울에서 우리 세 식구가 놀러 가면 함께 들어앉아 밥 한 끼 먹기 어려운 단칸방 월세에 보증금도 없이 산다. 시아버지는 몸이 아파서 거의 아무 일도 못하시고, 시어머니는 설거지를 하러 다니느라 새벽 4시에 집을 나선다. 결혼하기 전 시댁에 대한 아무런 정보가 없는 상태에서 인사를 드리면서 처음 이런 상황을 눈으로 보고 나는 한동안 밥알이 넘어가지 않았고 눈물만 흘렸다.

　우리는 결혼을 해서 어찌어찌 살아갔고, 시댁은 점점 더 가난해졌다. 살고 있던 집에서 더 작고 허름한 집으로 이사했고, 시어머니는 새벽 찬 공기를 마시며 만차(놀랍게도 버스 첫차는 50-60대 여성 노동자로 발 디딜 틈 없는 만차라고 한다)에 오르시며 감기와 관절염을 달고 사신다. 그런데도 시어머니는 오후 4시 퇴근하면 늘 우리 집에 오셔서 손녀딸을 밥 먹이고 목욕시켜주고 업고 재워준다. 자기가 있는 시간만이라도 쉬라며 나를 방에 들어가라 하거나 일을 보라고 한다. 시어머니랑 둘이 있는 것이 어색해 가능하면 나갔다 들어온다. 한두 시간 있다가 집에 들어가면 손녀딸이랑 자지러지듯 웃으며 소꿉놀이, 술래잡기를 하고 아기가 낮잠이라도 자면 반찬과 욕실 청소, 세탁 등 안 하셔도 되는 일들을 찾아가며 해놓는다.

새벽에 일어나 일하고 힘드실 어머님께 미안해하면, 손녀가 너무 보고 싶고, 당신이 좋아서 하는 것이라며 신경 쓰지 말라고 손사래를 친다. 시아버지는 평일엔 어느 지방 산 속에 있는 지인의 컨테이너에서 지내며 하루종일 텃밭을 가꾼다. 폐가 안 좋아 고생했던 아버님의 지병은 그렇게 1년을 지내고 나니 많이 나아지셨다. 덤으로 우리 집에는 아버님이 직접 수확한 가지, 오이, 강낭콩, 고추 등이 넘쳐난다. 가을이면 밤을 좋아하는 손녀를 위해 산속에서 밤을 주워 일일이 모두 손질해 보내주신다.

시어머니도 주말에는 시아버지가 계신 산속 컨테이너에 가서 지내고 오시는데 그곳만 가면 숨통이 트인단다. 밤에 종종 멧돼지가 출몰하기도 하지만 아침이면 뻐꾸기 소리에 잠을 깨는 깊은 산이라 밤하늘에 별도 또렷한 그런 곳이란다. 한 번씩 가족 모두 우리 집에 모이면 시어머니는 채식을 하는 우리 가족을 지구 반대편 기아인을 보는 심정으로 온갖 고기 요리를 만들어 챙겨 먹이려 하고, 산속 공기 때문인지 혈색이 좋아진 시아버지는 오랜만에 보는 손녀 손에 이리저리 끌려 다니며 놀아주기 바쁘다.

시어머니와 단둘이 있을 때 "어머님, 일하러 다니느라 많이 힘드시죠? 얼핏 들었는데 아버님이 주식만 안 하셨어도 집 한 채는 있었을 텐데… 원망도 되시죠?"라고 넌지시 물었더니, "여태 일 한번 안 하고 남편 덕에 편하게 살았는데 나도 이제 돈 한번 벌어봐야지, 이제 내 차례라고 생각한다"며 괜찮다고 말하는 시어머니가 정말 괜찮을까 하는 안쓰러움이 밀려온다.

나는 여전히 저 나이에 집 한 채 없이 살면서 노동하고 몸까지 편찮으신 시부모님을 생각하면 속이 상한다. 그런데 그분들은 아무런 근심 걱정 없는 사람처럼 늘 웃고, 왁자지껄 이야기와 음식을 서로 나누며 즐겁다. 가끔 과거의 시간을 후회하고 돈이 없어 힘들어하기도 하지만 가볍게 넘기고 다시 유쾌하게 지내신다.

내가 아는 사람 중에 가장 궁핍해 보이는 사람들이 나의 시댁이다. 하지만 가장 행복해 보이는 사람도 우리 시댁이다. 시어머니는 앞으로 평생 나에게 목걸이도 줄 수 없고, (누군가는 걱정하지만 나는 너무 부러운) 슈퍼마켓을 운영하지도 않지만 자신의 자리에서 일상을 꿋꿋하게, 그렇지만 웃음과 생기를 잃지 않고 삶을 살아가는 것만으로도 존경스럽다. 시어머니가 목걸이를 더 이상 주지 않는다면, 시댁에 머무는 시간을 시급으로 계산해서 받던 알바비를 이제 받을 수 없게 된다면 그들에게 시어머니는 어떤 존재일까? 문득 궁금해진다.

나드

시댁이 슈퍼를 한다는 동일한 사실이 불러오는 정반대의 반응이 재미있네요. 정화 시부모님 모습이 잘 그려져요. 고단한 삶을 살면서도 따뜻함을 잃지 않는 모습이 존경스럽네요. 글을 읽으며 정화의 마지막 문장의 질문을 저도 그들에게 하고 싶었어요. ㅎㅎ

둘리

정화가 앞에서 예로 든 며느리와 시댁 관계는 구세대인 저에게 당혹스러웠는데... "그 사람 부모 뭐하는 사람인데? 슈퍼마켓이라도 하고 있음 어떡하냐?"란 말에 "나는 시댁이 슈퍼마켓이라도 하면 좋아서 팔짝 뛸 거 같다"고 응수한 정화에 숨통이 확 트였네요.

바람

일상에서 사회적 이슈를 잡아채는 날카로움이 특유의 생동감 넘치는 묘사와 잘 어우러진 맛깔난 글!

바우새

제가 무엇을 받으려 하고 무엇을 주려고 하는지 돌아보게 되는 글입니다. 값비싼 목걸이를 걸어주는 사람보다 얼굴에 웃음을 짓게 해주는 사람이 되고 싶다는 생각이...

/정화

당신의 댓글을 기다립니다

#당신이 갖고 있는 특정한 편견이 있다면?

_____

_____

_____

_____

_____

_____

_____

_____

_____

_____

_____

_____

_____

_____

_____

_____

_____

_____

_____

그레텔

#최근 사는 게 괜찮다고 느꼈던 순간은?

봄바람이 시원하게 불던 일요일.
집 근처 호수 공원을 산책하던 중,
비둘기들이 내 머리 높이에서 바람을 마주한 채
제자리 비행을 하고 있었다.
길고양이 한 마리 총총 지나다 먼저 내게 인사를 건넸고,
그 순간 왜가리가 호수 수면 위로 미끄러지듯 날아갔다.
마주 오던 개 한 마리는 난간에 코를 박은 채
기대어 바람을 즐기고 있었고
개 목줄을 잡은 주인은 개의 그 시간을
조용히 기다려주었다.
사람 아닌 존재들이 사람과 평안히 공존해주는 장면이
벅차게 아름다웠다.

그레텔 이야기

다시 돌아온 인생동화

프롤로그

『헨젤과 그레텔』을 처음 읽은 건 열 살쯤이었다. 나는 그때 과자로 만든 집에 홀딱 반해버렸다. 마녀가 아이들을 잡아먹으려고 놓은 덫이라 해도 상관없었다. 그 집을 너무 갖고 싶어서 심장이 콩콩 뛰었다. 나는 결국 그 집을 직접 만들기로 마음먹었다. 두꺼운 종이로 뼈대를 만들고 그 위에 과자를 붙였다. 몇 년 후에는 부드러운 지점토로 세부적인 모양을 정성껏 새겨 다시 한번 만들었다. 잘 말린 후 벽에는 노릇노릇한 카스텔라 빛깔을 칠했고 지붕에는 진한 초콜릿색을 입혔다. 엄지손가락만 한 그레텔 인형도 만들었다. 그때 그 애는 과자로 만든 집의 완성을 위해 곁들여진 장식일 뿐이었다.

그 아이가 내게 돌아온 건 삼십 년이 지난 후였다. 그

그레텔

이름이 머릿속에서 자꾸 맴돌았다. 『헨젤과 그레텔』을 다시 펼쳐서 천천히 읽었다. 여전히 익숙한 줄거리였다. 그런데 뜻밖에도 이야기의 결말에서 나는 멈칫했다. 아빠 집으로 돌아간 아이들은 모든 근심 걱정 없이 행복하게 살았다고 했다. 완벽한 해피엔딩. 믿을 수 없었다. 남에게 잘 휘둘려 아이들을 두 번이나 버린 아빠가 남매를 잘 돌봐주었을까? 어른답지 못한 어른들에게 상처받은 헨젤은 계속 다정한 오빠로 남았을까? 훌쩍 애어른이 되어버린 그레텔은 정말 행복했을까? 이야기가 그렇게 끝나면 안 될 것 같았다. 나는 한번도 들어본 적 없는 그레텔의 이야기를 듣고 싶어졌다.

오빠

헨젤이 변했다. 아빠 집으로 돌아온 후 오빠의 손은 숲속에서 꼭 잡았던 그 따뜻한 손이 아니었다. 헨젤은 그레텔을 피했다. 그레텔은 오빠가 자기에게 화가 난 거라고 생각했다. 숲속 마녀 집에서 고분고분 심부름을 도맡았던 자기를 미워하는 거라고 여겼다. 그땐 어쩔 수 없었다고 해도 소용없었다. 세상에서 유일하게 사랑하는 사람의 차가운 외면은 마음 속 깊이 파고 들어 그레텔에게 자책의 목소리가 되고야 말았다. 헨젤은 자주 아빠와 싸웠고, 집 밖으로 나돌았다. 그레텔은 모두 자기 탓이라 생각했다. 착한 딸, 좋은 동생이 되고 싶었다. 그러면 언젠가 헨젤이 예전의 오빠로 돌아갈 거라 믿었다.

보보

동네에서 가장 가난했던 아빠는 이제 부자가 되었다. 아빠는 이웃의 소개로 만난 여자와 또다시 결혼했다. 두 사람은 새로 이사한 집에서 새로 산 소가죽 소파에 함께 앉아 새로 산 TV를 보았다. 마을에 돼지 열병이 돈다 했다. 축사에 있는 돼지들을 모두 죽일 거라 했다. 아빠는 돼지고기 값이 오르겠다, 혀를 차고 그 전에 바비큐 파티를 벌여 배 터지게 먹어보자며 허허 웃었다. 아빠의 새 아내는 그 말에 깔깔거리며 웃었다. 그레텔은 보보를 생각했다. 마녀가 키우던 돼지들 중 가장 영리한 녀석이었다. 보보! 이름을 부르면 쪼르르 달려와 그레텔 옆에 털썩 앉았다. 정원에서 함께 코를 처들고 꽃향기를 맡다가 머리를 긁어주면 보보는 눈을 지그시 감고 기분 좋게 킁킁거리곤 했다.

하이에나 아줌마와 앵무새 마님

그레텔은 언제나 사람보다 동물들이 더 좋았다. 무언가에 열중한 그들의 몸짓을 보고 있으면 어느새 무거운 마음이 가벼워졌다. 하지만 아무래도 싫은 동물이 있었다. 하이에나였다. TV에서 본 하이에나들은 남들이 힘겹게 구한 먹이를 빼앗아 먹었다. 정말 끔찍한 건 따로 있었다. 다른 맹수들과 달리 하이에나들은 아직 숨이 끊어지지 않은 어린 동물의 몸을 파먹었다. 그레텔은 눈을 질끈 감았다. 아빠를 꼬드겼다는 그 여자가 생각났다. 아빠에게 무슨 말을 속삭였을까. 애들을 멀리 데리고 가. 다시 돌아오지 못할 정도로. 그래, 거기 캄캄한 숲속에 버리고 와.

다시 돌아간 아빠 집에 한때 엄마라 불렀던 하이에나 아줌마는 없었다. 예전에 가수였다는 아빠의 새 아내는 예쁜 옷 입는 걸 몹시 좋아했고 기분 내킬 때면 아무 때나 큰 소리로 노래를 불렀다. 예쁘지만 시끄러운 앵무새 같았다. 아빠는 아내를 '우리 마님'이라 불렀다. 앵무새 마님은 감기에 걸리면 목소리가 상한다며 절대 찬물을 만지거나 마시지 않았다. 그레텔은 아침마다 따뜻한 차를 끓였다. 앵무새 마님을 위해서가 아니었다. 아빠를 기쁘게 하고 싶어서였다.

마녀의 집

그레텔은 자꾸 마녀의 집에 대해 생각했다.

마녀는 무서웠다. 아이들을 잡아먹는다고도 했다.

하지만 그곳에는 꽃들이 계절 따라 연달아 피던 정원이 있었고 정원에 놓인 의자 위에는 고양이들이 몸을 말고 있었다. 그 애들은 몸에서 이파리가 돋아나도 모를 정도로 늘어지게 잤다. 매일 부엌에서 풍겨오던 고소한 빵 냄새도 여전히 생생했다. 마녀의 방에서는 가보지 않은 나라를 상상하게 만드는 향이 났다. 그건 약간 흙냄새 같기도 했는데 가만히 맡고 있으면 마음속에 돋아난 뾰족한 것들이 부드러워지곤 했다. 거실에는 여러 새들이 나뭇가지에 앉아있는 그림이 있었는데 집 안으로 스며드는 경쾌한 새소리는 마치 그림 속 새들이 내는 것만 같았다. 그레텔은 새소리를 들으며 새들의 이름을 상상하곤 했다.

마녀는 무서웠지만 마녀의 집은 좋았다.

아빠 집보다 훨씬 더 좋았다.

이별

밖은 이미 어둑한데 헨젤이 현관 앞에 서 있었다. 처음 보는 큰 배낭을 메고 있었다. 앵무새 마님을 끌어안고 TV를 보던 아빠는 이 밤에 어딜 나가느냐며 목소리를 높였지만 눈길은 돌리지 않았다. 헨젤은 대답하지 않았다. 오빠, 어디 가? 현관문을 향해 섰던 헨젤이 뒤를 돌아보았다. 남매의 눈이 마주쳤다. 헨젤은 그레텔을 물끄러미 바라보다가 말했다. 너에게 화난 건 아니었어. 그리고 잠시 망설이더니 이내 몸을 돌려 밖으로 나갔다. 쾅! 요란하게 문이 닫힌 후 그레텔은 알아챘다. 오빠가 다시는 그 문을 열지 않을 거라는 걸.

사랑하는 오리

그레텔은 매일 강가로 나갔다. 그 친구를 찾고 있었다. 아빠 집으로 돌아올 때 헨젤과 그레텔을 도와주었던 오리. 그때 그레텔은 오리가 하는 말을 분명히 알아들었다. 내 등에 타. 강 건너는 걸 도와줄게. 그토록 말이 잘 통하고 힘이 세고 마음이 다정한 오리를 만났던 건 정말 큰 행운이었다. 그레텔과 오리는 서로를 알아보고 한순간에 친구가 되었지만 그 후로 다시 만나지 못했다. 오빠가 떠난 후 강가에서 오리들을 하나하나 훑어보는 일은 매일의 일과가 되어 버렸다. 하지만 그레텔이 다가가면 오리들은 서로 약속이나 한 듯 우르르 강 반대편으로 헤엄쳐 달아나 버렸다. 그레텔은 오리들을 눈으로만 따라가며 강가에 오도카니 서 있었다.

마녀에 관한 숨겨진 진실

사실 그때 마녀는 죽지 않았다. 그레텔은 뜨겁게 달구어진 오븐에 사람을 밀어 넣을 정도로 모질지는 못했다. 말을 듣지 않는다는 이유로 마녀가 헨젤을 일주일째 방 안에 가둬두었던 어느 날, 그레텔은 빵이 익었는지 확인하려고 오븐을 들여다보던 마녀의 옆구리를 힘껏 밀었다. 마녀는 비명을 지르며 오븐 옆으로 고꾸라졌다. 그레텔은 어디 있는지 미리 봐두었던 마녀의 보물을 헨젤과 함께 챙긴 후 뒤돌아보지 않고 달렸다.

오빠가 떠난 후 매일 밤 꿈에 마녀가 찾아와 방문을 요란하게 두드렸다. 요 못된 도둑년. 당장 내 보물을 내놓아! 그레텔은 잠에서 깨어나면 귓가에 흘러내린 눈물을 닦았다. 낯선 목소리가 들리기 시작한 것은 그때

쯤이었다.

하얀 새

숲속을 걸었다. 조금만 더 가면 마녀의 집이 있을 것
만 같았다. 어느새 오후가 되어 주변이 어둑해졌다. 덜
컥 겁이 났다. 그레텔은 발걸음을 돌려 정신없이 달렸
다. 다행히도 사방이 완전히 캄캄해지기 전에 숲에서
빠져나왔다. 뒤를 돌아보니 말라버린 키 큰 나무 위에
여러 마리의 새들이 앉아 있었다. 새들은 마치 죽은 나
무에 주렁주렁 맺힌 열매처럼 보였는데 저마다 다른 소
리로 지저귀고 있었다. 오빠 손을 잡고 숲속을 헤매던
일이 떠올랐다. 그때 헨젤이 먼저 새를 보았고 그레텔
은 새가 따라오라고 지저귀는 소리를 알아들었다. 맞
아, 하얀 새였어. 그레텔은 문득 깨달았다. 이제는 자신
이 더 이상 새들의 말을 알아듣지 못한다는 사실을.

다시 숲속으로

아빠와 앵무새 마님은 곤히 잠들어 있었다. 그레텔
은 현관문 앞에 섰다. 그 문을 박차고 나갔던 헨젤을
생각했다. 그레텔은 소리 나지 않게 조심조심 문을 닫

았다. 바깥 공기는 차가웠고, 새벽의 집 앞 풍경은 낯설어 보였다. 그레텔은 집을 나서는 자신의 발걸음이 무척 가벼워 조금 놀랐다. 강가에 도착했다. 풀 속에 누워 있는 낡고 조그만 배 한 척이 눈에 들어왔다. 언제부터 저기에 배가 있었을까. 겁이 났지만 그레텔은 그 배를 타야 한다는 걸 알았다. 신발을 벗고 물에 들어가 배를 힘껏 밀고 간신히 올라탔다. 온몸이 강물에 젖었다. 바람과 물살이 배를 움직이기 시작했다.

정오가 넘어서야 강의 반대편 어딘가에 닿았다. 그레텔은 배에서 내려 사방을 둘러보았다. 온통 무성한 나무숲뿐이었다. 그레텔은 생각했다. 못 찾으면 어떡하지? 헨젤이 떠난 자리에 찾아온 건 마녀의 악몽만이 아니었다. 어떤 목소리가 들리기 시작했다. 작지만 또렷했다. 그레텔을 잘 아는 듯한 여자 어른의 목소리였다. 괜찮아. 마녀의 집으로 가. 그곳을 향해 걷기 시작하면 알게 될 거야. 네 이야기는 지금 거기서 끝나지 않는다는 걸.

그레텔은 다시 오지 않을 것들을 기다리지 않기로 했다. 그레텔은 숲속으로 걸어 들어갔다.

할머니의 이야기

이런, 꽤 오래 잤네. 직박구리들이 찡얼거리는 소리에 낮잠에서 깬 노인은 망사 커튼이 드리워진 창문을 바라보았다. 누군가 조심스럽게 집 안을 들여다보려 애쓰고 있었다. 바람을 맞으며 먼 길을 걸은 듯 온통 머리카락이 헝클어진 여자아이의 그림자였다. 노인은 무릎 위에서 자던 고양이의 등을 어루만지며 속삭였다. 아, 이제 때가 되었나 보네. 그녀는 긴 한숨을 내쉬고는 싱긋 웃었다. 내 이야기가 저 애 마음에 들면 좋겠는데. 늙은 그레텔은 안락의자에서 몸을 일으켜 문을 향해 천천히 걸어 나갔다. 잘 익어가는 빵이 풍기는 고소한 냄새가 그레텔의 집 안을 가득 채웠다.

에필로그

그레텔이 내게 돌아왔다. 무언가 할 말 있다는 듯. 그레텔 이야기를 쓰기 시작한 이후로 나는 내심 불안했다. 그림만 그려온 화가인 내게 이야기 쓰는 일은 낯설 뿐 아니라 너무 많은 시간이 필요했다. 게다가 마음속 어떤 목소리가 끊임없이 투덜거렸다. 넌 이제 마흔이 넘었어. 동화에 매달릴 나이는 벌써 한참 지났잖아? 천천

히 글을 써나가면서 알게 되었다. 난 이제야 나를 찾아
온 한 아이의 이야기를 들어줄 준비가 되었다는 걸. 그
아이의 이야기는 곧 나의 이야기라는 걸.

/그레텔

담화

짧은 심리 소설을 읽은 느낌이에요. '그랬겠다, 그랬겠다' 저도 모르게 추임새를 넣으며 읽었네요. 이야기 속 그레텔이 집을 떠난 후 할머니가 될 때까지 이야기도 궁금한데 후속으로 쓰실 건지... 글을 읽는데 그레텔 그림이 떠올랐어요.

그레텔

심리 소설이라 해주시니 제가 소설이라도 쓴 것 같아 우쭐해지네요. 저도 그레텔이 할머니가 될 때까지의 이야기가 궁금한데, 제가 한 사람의 생애 이야기를 만들어 낼 수 있을 것 같지는 않고요. 자기 목소리를 내지 못했던 한 소녀가 자기만의 생을 능동적으로 찾아가면 좋겠다는 바람을 표현한 정도입니다. 솔직히 말하자면 그림을 그리기 위해 쓴 글이기도 하고요. 현재 그림 제작 중입니다.

둘리

유년기 동화를 오랫동안 잊고 있었는데 이 글을 읽으니 기존 동화를 다른 시각에서 들여다보고 싶군요. 해피엔딩의 결말을 믿을 수 없었다는 문장에서 이 글이 탄생한 거겠죠? 집을 떠나 홀로 숲으로 들어간 소녀 그레텔이 할머니 그레텔이 된 시간의 간극, 아마 우리 현재 삶도 그 사이를 헤매고 있는지도 모르겠어요. 저도 마녀의 집에 가보고 싶습니다. 읽는 내내 시각, 후각, 청각이 다 동원되더라는...

그레텔

네. 저 역시 그 시간의 간극 사이 어딘가에서 헤매고 있다고 생각합니다. 가도 될까 불안하기도 하고, 찾는데 실패할까 걱정되기는 해도 '마녀의 집'을 향해 일단 발걸음을 뗀 삶이라면 그래도 괜찮다는 생각이 들어요.

바람

너무 많은 이야기를 품고 있는 이야기네요. 각 에피소드로도 이야기를 끌고 나갈 수 있을 듯해요! 헨젤의 이야기, 마녀의 집 이야기, 그레텔의 이야기 등등이요. 요즘 각자의 이야기에 관심이 더 많아져요. 그레텔의 더 많은 이야기가 궁금합니다. 이야기에서 이미지를 이끄는 작업 방식도 흥미롭고요.

그레텔

글로는 모르겠지만 그림으로는 몇 개의 에피소드를 더 끌고 나가게 될 거 같아요. 내년까지 진행될 프로젝트입니다. 내년(2021년) 5월 전시도 잡혀 있어요.

나드

언젠가부터 '그리고 행복하게 살았습니다'라는 해피엔딩이 진짜 해피엔딩이 아니라는 생각을 하곤 했어요. 그레텔이 쓰는 동화, 그레텔 그 후의 이야기를 따라가면서 읽으니 흥미진진하네요. 더 이상 오지 않을 것을 기다리지 않는 그레텔은 이제 어른이 되어가는 걸까요? 이 이야기를 따라 그려질 그림들도 기대가 됩니다.

그레텔

어른이 된다는 건 자기 삶을 사는 방식을 알고 그렇게 사는 게 아닌가 생각이 들어요. 그건 나도 아직 잘 못하고 있는 게 아닌가… 자기 방식의 삶을 신나게 살아가는 사람들을 보면 유독 부러운 생각이 드는 걸 보면요. 그나마 그림이라도 그리고 있으니 다행이라는…

당신의 댓글을 기다립니다.

#당신 마음에 남아있는 동화 속 장면이 있다면?

_____

_____

_____

_____

_____

_____

_____

_____

_____

_____

_____

_____

_____

_____

_____

_____

_____

_____

_____

/ 그레텔

할머니는 숲에 산다

빨간 모자야. 이 케이크와 포도주를 할머니께 가져다드려라.
할머니는 병이 나 몸이 약하신데 이걸 드시면 건강해지실 거
야. 숲으로 들어가면 딴짓 하지 말고 길만 따라 얌전히 가야
한다... 할머니껜 먼저 안녕하세요 인사하는 것도 잊지 말고.

그림 동화 『빨간 모자』 중에서

"노인네가 성깔 드센 건 그대로야. 의사한테도 아주
그냥 한 마디도 안 져!" 엄마의 분기탱천한 하소연은 어
느새 돌아서면 불쌍해 죽겠다는 울음기 섞인 한숨으
로 변한다. 이제 칠순이 되어 본인도 여기저기 안 아픈
데가 없다지만 엄마는 아흔을 넘긴 외할머니를 돌봐야
한다. 집에서 가까이 있는 동네 요양원에 모시고 하루
걸러 드나드는 일도 칠순 엄마에겐 힘에 부친다. 요즘
부쩍 늙은 엄마가 병이라도 날까 속상해질 때면 차마

밖으로 내놓지 못할 말이 내 목구멍까지 울컥 솟는다. 할머니 얼마나 더 사시려나…

할머니는 삼 남매를 남기고 일찍 세상을 떠난 남편의 몫까지 생계와 양육을 모두 감당했던 여장부였다. '성깔'은 그녀의 힘이었다. 사기를 당해 하루아침에 집을 잃었을 때 당신 삶을 버티게 해준 것도 그 성깔이었고, 금지옥엽 막내아들이 사업하다 망했을 때 아들네 가족을 캐나다로 피신시키고 뒷감당을 혼자 다 한 것도 그 성깔 덕이었다. 그러나 지금은 그 성깔 탓에 함께 늙어가는 두 딸들로부터 원성을 독차지한다. 의사의 처방에 맞서서 내 병은 내가 안다고 고집부리고, 침대에 누워서도 잔소리하는 자존심 센 아흔 살 할머니는 어디서도 환영받지 못했다. 가만히 계시는 게 돕는 거라는 주변 만류에도 불구하고 얼마 되지 않는 소지품을 손수 정리하다가 바닥에 주저앉았는데 그대로 고관절이 부러져 버렸다. 병원에 도착하니 할머니와 엄마의 고함에 가까운 대화에 병실이 들썩였다. 남 보기엔 민망하지만 그러지 않으면 그들은 소통할 수 없다. 물리적으로나 감정적으로나.

할머니의 공간은 세월이 갈수록 점점 작아졌다. 대학가의 커다란 3층집 주인으로서 하숙생 십여 명을 너끈히 바라지하던 할머니. 하지만 대단했던 그녀도 길고 고된 막내아들 뒷바라지 끝에 찾아온 노환은 홀로 버틸 수 없어 큰딸(나의 엄마)네 집에서 가까운 원룸 아파트로 이사했다. 그곳에서 몇 년을 보내고 부쩍 침침해진 눈과 연약해진 관절 때문에 혼자만의 일상이 버거워진 어느 날, 다시 옷가지와 작은 장롱을 챙겨 요양원으로 들어갔다. 그 낯선 거주지로 입소하면서 할머니는 모두가 가져갈 필요 없다고 극구 반대하던 당신의 장롱을 끝끝내 포기하지 않았다. 두 딸들의 원성도 소용 없었다.

할머니의 산책은 자동차 다섯 대면 가득 차는 요양원 주차장을 몇 바퀴 도는 것이 전부였다. 콘크리트로 된 삭막한 마당 한편을 둘러막은 성긴 철책 벽을 타고 장미 몇 송이가 건너와 있었다. 가만히 그 꽃송이들을 만지던 할머니를 볼 수 있던 날들조차 흘러가 버리고, 몇 달 후에는 아예 건물 밖으로 나오지 못하게 되더니 이제 할머니는 침대 반경 안에서만 생활한다. 할머니의 룸메이트는 여러 번 바뀌었다. 남의 간식을 슬쩍 하는 여편네, 큰 목소리로 자식 자랑만 하는 여편네, 우울증에 걸려 눈만 껌뻑거리는 여편네. 이곳에서 할머니 마음에 드는 사람은 아무도 없었다. 하지만 그녀에게 주거 동반자를 선택하거나 거부할 권리는 없었다. 요양원에 그런 건 애초부터 없었다.

내가 좋아하는 여러 동화 속에서 유독 할머니들은 혼자 숲속에 산다. 그 숲은 주말에 기분 전환하러 찾아가는 힐링의 장소가 아니라 마을 공동체 밖에 위치한 외딴 장소였다. 먹고 살 일이 암담해진 부모가 아이들을 버리는 곳이었고, 이런저런 이유로 마을에서 쫓겨난 사람들이 스며드는 곳이었다. 숲에 혼자 사는 어떤 할머니는 아이들을 잡아먹는 마녀라고 불렸다. 어떤 할머니는 몸이 아파 보살핌이 필요해도 다른 가족들과 함께 살지 못했다. 가족 중 그 누구도 할머니를 돌볼 여유가 없었기 때문이었을 거다.

할머니들은 더 이상 이야기의 주인공이 아니었다. 할머니들은 자기가 누구인지 스스로 정할 수 없었다. 숲속에 홀로 사는 할머니들은 자기 삶을 말할 수 있는 목소리를 가지지 못했다. 설령 목소리를 가졌다 해도 아무도 들으려 하지 않았을 거다. 말할 수 있는 사람들은 말하지 못하는 사람들에게 자신의 필요에 따라 이미지를 덧씌웠다. 이유 모를 불안을 쏟아낼 대상이 필요할 때면 숲속 할머니는 아이 잡아먹는 끔찍한 마녀 할멈이 되었다. 착한 아이가 되라고 아이들을 가르칠 때는 그저 도와주어야 할 불쌍한 노인이 되었다. 외딴 숲으로 밀려난 할머니들의 이야기는 세상에서 사라져 갔다.

우리 할머니는 요양원에 산다. 이젠 거의 듣지도 보지도 못한다. 그녀는 자기 성깔과 하나도 어울리지 않는 거주지에 적응하기 위해 어설픈 노력을 한다. 바쁜데 왜 왔냐, 앞으로는 오지 마라, 거짓말도 하고 "그려 그려" 순응의 말들을 연습한다. 마음에 없는 말들 끝에 이내 고맙다, 고맙다 하는 할머니 옆에 나는 딴짓 하다 늦게 도착한 빨간 모자처럼 카스텔라 상자를 슬그머니 내려놓는다. 할머니 목소리가 반가움에 들뜰수록 나의 죄책감은 뱃속을 구물구물 휘젓는다. 앞으론 더 자주

와야겠다 하지만, 그 다짐은 요양원을 벗어나자마자 해야 할 일 리스트의 맨 밑바닥으로 옮겨질 걸 나는 잘 알고 있다.

안부의 말들이 길어지면서 어느새 할머니의 성깔은 어설픈 순응의 노력을 이긴다. 성깔 드센 할머니의 이야기에 이제 그만하시라는 엄마의 제재가 곧 뒤따른다. 나 역시 엄마의 선택에 너무 쉽게 동의한다. 할머니의 목소리가 잠잠해지더니 닫힌 창문으로 눈을 돌려 무언가를 응시한다. 이젠 바로 앞에 있는 내 얼굴도 안 보인다 하시더니 도대체 뭘 저리 보시는 걸까. 늘어진 눈꺼풀 아래 거의 다 가려졌음에도, 반투명 창유리를 통해 들어온 오후 햇살을 받은 할머니의 눈동자들이 여전히 반짝거린다. 아, 저 반짝거림 앞에서 우리는 어찌해야 하나.

둘리

글이 단문체여서 속도감 있게 읽히네요. 나이 듦, 보살핌이 필요해지는 시간에 대한 이야기를 동화의 이미지와 중첩시킨 글 솜씨가 자연스럽습니다. 할머니가 "그려 그려" 순응의 말을 연습하는 마음도 헤아려지고, 아흔 할머니의 눈동자가 여전히 반짝거림을 포착한 그레텔의 시선도 마음에 와 닿네요. 장롱 에피소드에서 할머니의 성깔이 단박에 이해되더라는...

바람

할머니의 작아지는 공간들이 눈에 그려집니다. 옛날의 마녀들이 마을 공동체 밖으로 쫓겨난 존재였는데 그 시대의 잔인함이 요즘의 몰이해와 다르지 않다는 생각을 다시금 해보게 하는 글이네요. 잘 읽었습니다.

유자

동화와 내 삶의 이야기를 연결하여 쓰고 있는 그레텔의 이야기가 재미있고 신선해요. 쭉 이어가시면 좋겠어요.

모그

이야기에 점점 빠져드는데 뚝 끊기네요. 아쉬워요. 동화에서 글의 모티브를 잡아 자신의 서사에 연결시키는 게 무지 좋아요. 책 나오면 꼭 사야지.

바우새

제가 스치듯 읽고 지나간 동화와 현실을 세심하게 관찰하고 연결하는 그레텔 글은 읽는 재미가 있어요. "그려 그려" 하는 순응의 말, 표현도 좋았어요.

나드

숲속 할머니와 마녀 할머니를 해석한 부분이 와 닿아요. 늙어감을 한정된 이미지로 가두려 했던 건 아니었나 돌아보게도 되고요. 글과 그림의 두 가지 표현 도구를 가진 그레텔만의 섬세한 해석이 반짝거립니다.

비아

동화와 현실을 오가며 상상을 자극하는 글의 묘미, 할머니의 공간이 점점 작아지는 걸 묘사한 부분이 늙어감의 이미지를 선명하게 보여줘 많이 와 닿았어요. 딴짓 하다 늦게 도착한 빨간 모자 그레텔의 모습도 첫눈에 그려져 빙긋이 웃었네요. 재미있게 읽었어요.

은유

역시 오랜 관찰이 좋은 글을 낳습니다. 외할머니 캐릭터가 중심을 잡아주어 글이 탄탄해요. 늙기 전 '성깔'이 드러나는 일상이 예화로 잘 표현되었고요. "남 보기엔 민망하지만 그러지 않으면 그들은 소통할 수 없다." "할머니의 공간은 세월이 갈수록 점점 작아졌다." 할머니의 사위어가는 모습에서 동화에 나오는 할머니로 연결이 자연스러워요. 주인공이 아니고 자기 사연을 말할 목소리를 갖지 못하는 할머니. 동정 혹은 경계의 대상이 되고 마는 신세. 현실 속 요양원의 할머니도 "그려 그려" 순응의 말을 연습하고 공간에 어울리는 사람으로 변화하는 게 자연스럽고 서글프게 드러납니다. 특별한 교훈을 주지 않으려고 하니까 울림이 생겨나네요.

당신의 댓글을 기다립니다.

#당신과 당신이 사랑하는 사람의 노년을 그려본다면?

_____

_____

_____

_____

_____

_____

_____

_____

_____

_____

_____

_____

_____

_____

_____

_____

_____

_____

_____

 # 요즘 당신이 품고 있는 문장은?

삶은 나를
좋은 방향으로
안내한다.

연애하지 않을 자유

"남자 친구 있어요?" "없는데요." 그때부터 상대방의 오지랖이 시작된다. 젊을 때는 연애를 많이 해봐야 한다, 연애를 안 하며 지내는 젊은 시절이 아깝다, 불쌍하다, 외로울 거다, 진정한 삶의 의미를 모른다 등등. 연애하지 않는 자에 대한 편견. 마치 연애하지 않는 자는 청춘을 제대로 보내고 있지 않는 것마냥 치부된다.

왜 이렇게 청춘의 연애에 목숨을 걸까? 젊을 때 연애를 많이 해봐야 한다는 편견의 밑바탕에는 연애가 곧 인간의 성숙으로 이어진다는 가정이 자리 잡고 있다. 연애는 타인을 통해 나를 알아간다는 점에서, 나의 민낯을 마주하게 된다는 점에서 '새로운 나'로 나아가게 한다. 하지만 성찰 없는 연애 자체가 곧 성숙을 의미하지는 않는다.

20살 때부터 사귀는 사람이 1주일 이상 빈 적이 없는 친구가 있었다. 그 친구는 똑같은 패턴의 연애를 반복하며 자신의 외로움을 연인에게 기대었다. 누군가에게 의지해서 살아가는 것 자체를 나쁘다고 말하는 것이 아니다. 사람은 누구나 불완전한 존재이고 서로에게 기대어 살아갈 수밖에 없으니까. 그런데 연애 경험이 그녀보다 적은 내가 과연 덜 성숙한 인간일까?

나는 '성장'이라는 키워드가 중요했다. 이십 대 중반, '나'라는 존재를 만나기 위해 백일동안 절에서 지냈고, 삼십 대 중반에는 두려움을 끌어안고 홀로 48일간 산티아고 순례길 여행을 떠나기도 했다. 순례길에 개가 많다고 해서 (개 공포증이 있는 나는) 여행 전 애견 카페에 가서 개에 나를 노출시키는 나름대로의 훈련을 하기도 했다. 요즘 나는 스스로 일을 기획하고 실행하는 프리랜서로 지내며 내가 세운 경계를 넘어 한 뼘씩 나아가는 중이다. 어떤 마음으로 세상과 만나느냐에 따라 매 순간은 나를 이해하고 새롭게 나아가는 시간이 될 수

도 있고, 아닐 수도 있다. 분명 연애에서만 삶의 의미를
배울 수 있는 것은 아니다.

연애를 하면 누군가에게 사랑받는 느낌, 상대방과
깊이 연결되어 있음에 마음이 벅차오른다. 나도 몇 번
의 연애를 경험했고 빛나는 기억이 마음속에 남아있다.
하지만 삶의 반짝이는 순간은 어디에나 있다. 책에서
가슴 벅찬 아름다운 문장을 만날 때, 글을 쓰고 그림
을 그리며 나의 세계를 창조할 때, 말로는 다 담을 수
없는 자연을 마주했을 때, 내 두려움과 한계를 넘어 조
금씩 확장되어가는 나를 만날 때, 삶의 벗들과 다정한
마음을 주고받을 때… 그럴 때마다 나의 마음은 더없
이 충만해진다.

어느 누구의 삶이 그렇듯, 싱글의 삶도 달고 때론 쓰
다. 그런데 애인 없는 사람이 조금만 외롭다거나 힘들
다는 이야기를 하면 대부분 너무 쉽게 "그러니까 연애
해." "결혼해."라는 조언을 내민다. 연애와 결혼이 무슨
만병통치약이라도 되나? 연애를 하고 결혼을 한다고
언제나 행복하기만 할까? 싱글이어서 외로운 게 아니라

인간이어서 외로운 것이다. 누군가 곁에 있어도 근본적인 고독, 삶의 무게는 결국 오롯이 자기 몫이니까. 둘은 행복이고 혼자는 불행이라는 이분법적인 딱지를 거부한다.

799km의 스페인 산티아고 순례길을 걷다 보면 두 갈래로 갈라지는 길이 종종 있었다. 한쪽은 대부분의 사람들이 많이 가는 길, 다른 한쪽은 alternative path였다. 때론 그 길이 20km를 더 걸어야 할 때도 있었지만 사람들은 "한적한 길로 걷고 싶어서." "이쪽 경치가 더 좋을 것 같아서." 다양한 이유로 자신만의 길을 선택했다. 모두에게 정답인 길도, 인생에서 꼭 수행해야만 하는 과업도 없다. 우리 삶은 각자의 방식으로 저마다의 빛을 향해 나아가고 있으니까.

그렇다고 내가 앞으로 연애를 전혀 안 할 것이고 비혼주의자로 살 것이라 단정하는 것은 아니다. 다만 나는 '지금-여기'에서의 삶에 집중하고 싶을 뿐이다. 연애와 결혼이란 목표를 상정하고 그 지점에 도달하지 못한 삶을 부족하다고 여기는 게 아니라 지금의 삶, 이

자체로 온전하다고.

내 나이 삼십대 중반. 나는 요즘 적당히 외롭고 꽤 괜찮은 날들을 보내고 있다. 나는 연애하지 않을 자유가 있다. 그러니 연애하지 않는 자에 대한 당신의 섣부른 동정이나 참견은 살포시 넣어두시라.

바람

메시지를 향해 서슴없이 나아가는 유자 글의 방향성을 배우고 싶네요. 뚜벅뚜벅 자신이 원하는 길을 걷는 유자가 글에서도 보여요.

그레텔

제가 유자 나이에 하고 싶었지만 헷갈렸던 생각을 시원하고 씩씩하게 표현해 주셨어요. 영화 <작은 아씨들>에서 조가 남들의 연애 강요는 노 땡큐지만, 난 외롭다며 눈물 흘리던 인상적인 장면도 생각나요. 이런 발언들이 점점 힘을 모으고 있는 모습이 무척 반갑습니다.

둘리

유자 글을 보면서 나는 서른 중반에 무슨 생각과 느낌으로 살았나 돌아보게 되네요. 재미있게 읽었어요. 저는 20년 전에 30대를 지나왔는데 내가 경험한 것과 동일한 상황이 벌어지는 현실(결혼과 연애를 당연시하는)에 좀 답답하네요. 세상이 빠르게 변한다 말하면서도 정작 쓸데없는 클리셰는 여전히 쓸데없이 발목을 잡는 듯. 연애도 결혼하지 않은 자들만의 특권일지도 몰라요. 결혼한 자들에게 연애는 자칫, 불륜으로 곤두박질치니 말이에요. 결혼 시작, 연애 종결이 가장 안전한 망일까요? ㅎㅎ

나드

연애라는 게 인생에서 중요한 비중을 차지해 본 적이 없는 저는 많은 공감을 느껴요. 바쁠 때는 우선순위에서 밀리고, 아플 때는 에너지가 없어서 밀리고 그랬네요. 인간은 본질적으로 외로운 존재라 생각했기에 누구를 만나서 그 외로움을 극복하고자 하는 마음이 제게 없었던 거 같아요. 결혼 안한 친구들 말이 이제 찾고 싶어도 사람이 없다네요. ㅋ 연애할 자유와 하지 않는 자유가 동등하게 존중받았으면 좋겠어요. 둘이든 혼자든 유자로서 멋지게 살아내길 응원합니다.

유자

연애가 인생에서 중요한 비중을 차지하지 않아도 충분히 의미가 있는 삶인데 하나의 잣대로만 평가를 하고 그걸 충족하지 못하는 인생을 평가절하 해버리니 그게 불편해요. 나드의 다정하고 따뜻한 응원 감사해요.

담화

유자, 나 이 글 읽고 반성 많이 했어요. 나도 젊은 친구들 만나면 애인 있냐, 왜 연애 안 하냐 별 생각없이 자주 물어서. 이런 질문을 워낙 많이 받아서인지 이런 질문을 하는 것에 별 문제점을 못 느끼고 살았던 듯 해요. 유자 덕에 크게 배우고 갑니다.

유자

이 문제에 관해서는 제가 문제 제기를 했지만 또 다른 문제에 대해선 저도 무심코 누군가에게 상처를 주고 있을 때도 있겠죠. 나와 다른 의견을 만났을 때 담화같이 수용하는 마음을 배우고 싶어요. 담화 나이가 되었을 때 저도 그럴 수 있을까. 그러고 싶네요. 히히.

은유

연애지상주의를 비판한 글. 필자의 경험과 논점이 살아 있고 힘이 넘칩니다. 왜 한국 사회에서 유독 연애지상주의가 판을 칠까. "연애가 곧 인간의 성숙"이라는 가정에 대한 반박. 인간의 성장에 이를 수 있는 방법은 연애 말고도 있다. "연애는 행복이고 솔로는 불행하다는 이분법적인 딱지를 거부한다." 연애에 대한 환상을 깨주는 사례도 한 단락 있으면 좋겠어요. 연애의 좋은 점을 언급한 분량 정도로, 연애가 안 행복하고 성가시기도 하다는 점이 나오면 되겠어요. 좋은 글이에요.

당신의 댓글을 기다립니다

#당신 삶에서 '~하지 않을 자유'라고 선언하고 싶은 것이 있다면?

여름에는 열지 않는 생선 가게

아파트 초입 길가. 스티로폼 상자가 3m 정도 쭉 펼쳐져 있다. 그 위 파라솔 두 개가 햇볕을 가린다. 갈치, 고등어, 생태, 가자미, 아귀, 간재미, 꽃게, 병어, 오징어, 바지락, 멍게, 주꾸미가 상자에 정갈하게 담겨 손님을 기다린다. "요즘에는 병어랑 주꾸미가 제철이에요. 꽃게도 아주 실하고요." 2005년부터 이곳 노점에서 생선을 팔고 있는 김종만(75세) 어르신.

처음엔 하던 사업이 망해, 궁여지책으로 시작한 생선 장사였다. 일주일에 여섯 번, 새벽 4시 반에 일어나 도매시장에서 생선을 가져온다. 집에 와 아침을 먹고 9시 반쯤 장사하러 나와 물건을 정리한다. 10kg, 15kg짜리 상자 10개 정도를 꺼내 나르고 파라솔을 설치한다. 오전 11시에 본격적인 장사를 시작해 밤 9시에 끝이 난다.

집에 가면 9시 40분, 비로소 10시가 되어서야 늦은 저녁을 먹고 11시쯤 잠들면 네 시간 반 겨우 눈을 붙이는 생활. 그야말로 젊은이도 힘든 강행군이다.

"특히 여름에는 참 힘들어요. 얼음 값이 여름에는 4만 원 가까이 들어가니까, 감당이 안 돼요. 한여름 아닌 요즘 같은 4월에도 얼음 값이 2만 5천 원은 들어가는데... 그리고 비용도 비용이지만 여름에는 생선을 신선하게 관리하기가 힘들어요. 당장 얼마 팔려고 하다 괜히 단골들만 떨어질 수 있어요. 그땐 아예 쉬고 다른 일을 해요. 작년 여름에는 6월 20일부터 쉬며 펜션 청소일로 돈을 벌었어요."

여기 오는 손님들 대부분이 단골들이다. "맞은편에 대형 마트가 있어도 우리 가게서 맛본 분들은 여기서만 사요. 마트는 냉동품도 많이 있는데 나는 생물을 주로 파니까. 지금 여기 있는 것도 조기 빼고 다 국내산이에요. 우리는 저렴하고 맛도 좋으니 단골들이 많죠." "이제 손님들도 여름 되면 우리 장사 쉬는지 다 알아요. 어떤 집은 우리 집 꺼 아니라서 여름엔 생선 아예 안 먹는 대요. 먹어본 사람들은 백화점 생선보다 여기 생선이 더 좋다고 하는데 나는 그 말이 그렇게 좋아요." 최선을 다해 일궈온 일에 대한 단단한 자부심이 느껴졌다. 인터뷰를 하는 동안 손님들이 몇 차례 다녀갔다. "오늘은 어떤 생선이 좋아요? 지난번에 사간 거 우리 애들이 너무 맛있게 잘 먹었어요."

오랫동안 이런 신뢰를 받고 장사하기 쉽지 않았을 터. 그만의 장사 원칙을 여쭤봤다. "장사는 손님이랑 나랑 신뢰에요. 다른 데서 안 사고 여기서 산다는 건 그만큼 내가 좋은 물건을 줘야 하는 건데. 그거에 대한 책임감이 크죠."

노점에서 장사하다 보면 힘든 일도 많다. 특히 날씨라는 불가항력 앞에선 속수무책이다. "여기는 밖이라 비 오고 바람 불면 못하니까요. 어제같이 비 오면 또 하루를 공치는 거죠. 한번은 그런 사람도 있었어요. 묵직한 보따리를 맡기며 2만 원을 잠깐 빌려달라고 해서 꿔준 적이 있어요. 돈을 빌려줬는데 하도 안 와서 보따리를 풀어보니 빈 병에 물을 무겁게 채워 놨더라구요. 뭐 신고를 해도 뾰족한 수가 있나, 그냥 오죽했으면 그랬겠나 싶어, 말았어요."

"오래 여기 있었지만 주변 이웃이나 손님들과 싸우고 이런 건 한 번도 없었어요. 내가 항시 마이너스가 돼도 좋으니 원만히 지내려 했죠. 그리고 마음을 늘 긍정적으로 먹어야 해요. 하루 종일 기분 나쁘다 하면 될 일도 안돼요. 내 나름대로 그렇게 소화시키며 살아요." 지금 하고 있는 일이 만족스럽고 즐겁다고, 사람은 무엇이든 자기가 하고 싶은 일을 하며 살아야 한다는 어르신. 인터뷰 동안에도 어르신의 눈은 항시 생선을 살핀다. 스티로폼에 담긴 생선에 자는 아기 이불 덮어주듯 얼음을 더 채워 둔다.

강산도 변한다는 14년째 묵묵히 장사를 하며 살아온 그의 삶은 거창한 말이 아니어도 자연스레 전해졌다. 한파가 심하던 지난겨울, 나는 정자에 앉아 점심 도시락을 드시던 어르신을 보았다. 그에게서 어떤 꿋꿋함이 느껴졌다. 틈틈이 돋보기 안경을 끼고 신문을 보시던 어르신의 삶이 궁금해 인터뷰를 청했다. 그러면서도 나는 노점 물건에 대한 불신 때문에 솔직히 생선 사기가 꺼려졌다. 그런 마음으로 인터뷰를 청한 내가 너무나도 부끄러웠다. 투박한 어르신의 생선 가게에는 세련된 마트는 흉내 낼 수 없는 다정한 마음이 오롯이 담겨 있었다.

인터뷰를 마치고 병어 두 마리를 사 왔다. 일부러 사지 않아도 된다고 손사래치는 어르신. 적당히 소금 간

밴 살이 그의 소박한 웃음처럼 달고 부드러웠다.

P.S. 인터뷰를 2018년 4월에 했다. 글이 완성되고 쑥스러
운 마음에 글을 전해 드리지는 못했다. 그게 못내 아
쉽다. 그 해 겨울부터 줄곧 나오시지 않아 뵐 수가 없
었고 책에 싣는다는 허락도 따로 받지 못했다. 그곳
을 지날 때마다 문득 생각난다. 앞으로도 뵙진 못하
겠지만, 감사와 존경의 마음을 글과 그림에 전한다.

담화

유자 글 중 내가 특히 좋아하는 글. 한 사람의 삶의 태도가 길지 않은 유자 글에 고스란히 묻어나 좋은 글. 글이 짧은 게 조금 아쉽네요.

그레텔

그림이 글의 결과 잘 어울려요. 글 끝에 잔잔한 여운이 그림에 고이며 머무르는 듯. 만만찮은 삶의 무게에 짓눌려 파괴되지 않는 이런 선량함이 진정한 강인함 같아요. 방금 화 날 일이 있었는데 덕분에 마음이 살짝 촉촉해졌어요.

둘리

기형도 시구 기억할만한 지나침이란 구절이 생각나는 인터뷰네요. 매일 오가는 길목에서 마주친 김종만 어르신이 유자의 따스한 호기심과 만나서 삶의 얘기를 전해주셨네요. 인터뷰 내내 생선을 살피며 자는 아기 이불 덮어주듯 얼음 채워두는 어르신의 모습이 일에 대한 자부심과 애정을 전달해줍니다.

바람

유자의 따뜻함과 다정함이 글에 묻어나요. 읽는 내내 기분 좋고 미소를 머금게 되었어요. 얼음을 자는 아기 이불 덮어주듯 한다는 표현도 좋아요! 또 읽어도 좋네요.^^

당신의 댓글을 기다립니다

#당신이 지금 인터뷰하고 싶은 사람이 있다면 누구? 그 이유는?

_____

_____

_____

_____

_____

_____

_____

_____

_____

_____

_____

_____

_____

_____

_____

_____

_____

_____

_____

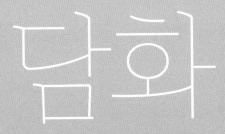

담화

 # 당신만 아는 세상의 비밀이 있다면?

세상에 정말 나만 아는 비밀이 있을까?
그런 비밀 하나 가지고 산다면
입과 마음이 근질근질해서
사는 게 더 재미날 거 같다.
하지만 아무리 생각해도
'나만 아는 비밀 = 나의 감추고 싶은 부분'일뿐,
세상에 정말 비밀이 있는지 없는지 모르겠다.
그래서 음모론에 빠져드나?

나의 '쾌적한 주거 생활' 권리

새벽 1시 40분. 두 시간 전부터 3층에 사는 윗집 남자는 음악 감상 중이다. 임재범으로 시작해 이승철을 거쳐 지금은 지다다. 지겹다는 말이 추임새처럼 나온다. 덩달아 심장 박동도 50%는 빨라졌다. 이러다 제 명에 못 살지 싶어 숨을 깊게 내쉰다. 이런 생활이 일 년째다.

3년 전 이사 오자마자 이 집이 마음에 들었다. 5층짜리 아파트 동 여러 개가 나란히, 넓게 서 있어 고즈넉하고 조용했다. 낮에 놀이터에서 아이들 노는 소리가 집에서 들리는 소음의 전부였다. 밤에 거실에 있으면 빗소리, 바람 소리가 온전히 들렸다. 동네에 나무가 유난히 많아서도 좋았다. 봄이면 자목련을 시작으로 벚꽃, 라일락, 철쭉이 벌이는 꽃 잔치를 즐겼고, 여름이면 나무의 짙푸른 잎을 보며 열기를 식혔다. 가을엔 아파트를 돌며 단풍 구경을 했고, 겨울엔 나무에 스며드는 검푸른 저녁 하늘과 가로등을 보며 시린 공기가 만들어내는 빛을 감상했다. 남들은 조용한 시간을 보내고 싶어서, 계절을 즐기고 싶어서 여행을 간다지만 나는 이 모든 것을 집에서 이미 충분히 즐기고 있었다.

이런 평온함은 윗집 남자가 이사 오면서 산산조각 났다. 이사 오던 날부터 윗집 남자 발소리에 천장의 형광등이 흔들렸다. 며칠 후엔 음악과 TV 소리에 잠을 깼다. 그러더니 여자가 고함치며 뛰는 소리, 싸우는 소리, 문을 세게 닫는 소리, 음악에 맞춰 노래 부르는 소리 등, 생활 소음이라 하기엔 참기 힘든 소리가 시리즈로 이어졌다. 무엇보다 가장 스트레스가 큰 건 은밀해야 할 남녀의 소리다. 처음엔 잘못 들은 줄 알았다. 놀라서 현관문을 여니 여자의 교성이 아파트 계단 전체에 울렸다. 얼른 문을 닫았다. 하다 하다 저런 사생활까지 공유하나 싶었다. 윗집의 소음은 이제 밤낮을 가리지 않는 일상이 되었다.

초기엔 찾아가서 정중하게 소리를 낮춰 달라고 부탁

했다. 두어 번은 소리를 줄여주는 척 했다. 여러 번 찾아오는 우리 집이 성가셨는지 세 번째부터는 아예 대꾸가 없다. 문을 두드리고 인터폰을 수없이 해도 소용없었다. 경비실과 관리 사무소에 얘기를 했다. 경비 아저씨는 초인종 한번 누르는 걸로, 관리 사무소에선 소음자제 안내문을 붙이는 걸로 끝이다. 몇 번을 망설여 경찰에 신고했다. 처음 신고했을 땐, 경찰이 왔다. 하지만 위층이 잠깐 음악을 끈 상태라 그냥 갔다. 두 번째 신고엔 경찰이 한숨을 쉬며 가봐야 싸움만 된다며 경비실에 이야기하란다. 이런 일에 경찰까지 동원해야 하나 싶어 더 이상 신고를 안 했다. 대신 환경부가 층간 소음을 위해 만든 '이웃 사이'에 조정을 신청했다. 소음을 일으키는 집에 내용 증명을 보내 중재를 해주고, 실패하면 소음 측정을 해준단다. 그런데 법적 제재가 없기 때문에 윗집이 거부하면 끝이다. 마지막으로 민사소송을 변호사에게 물어봤다. 시간과 돈의 문제를 떠나 소음을 증명하는 방법이 쉽지 않고, 승소를 하더라도 보상이 작으니 나더러 이사를 가란다. 결국 제 3자를 통한 해결 방법은 없으니 피해 보는 집이 알아서 해야 한다는 뜻이다.

집에 있는 시간을 줄였다. 무조건 일어나자마자 나가서 밤늦게 집에 왔다. 하지만 윗집 남자가 밤에 주로 활동을 해서 별 도움이 안 됐다. 외부 조건을 바꿀 수 없으니 나를 다스리기로 한다. 명상을 하며 스트레스로 바짝 날이 선 신경을 달래고 귀마개로 소음을 줄인다. 이것도 도움이 안 됐다. 온 신경이 윗집에 집중되다 보니 소음이 없을 때도 귀에선 윗집 소리가 들렸다. 스트레스를 받을수록 윗집에 대한 증오가 커지며 층간 소음으로 인해 발생하는 살인사건을 이해하게 됐다. 잘못한 것도 없는데 내 집에서 타인으로 인해 극심한 고통을 받고 있다면, 그런데 해결 방법도, 나아질 거란 희망도 없다면? 남은 선택이란 너도 한번 당해보라는 복수다.

인터넷을 검색해보니 고무망치를 추천한다. 윗집 소리가 심하다 싶으면 고무망치로 천장을 두드렸다. 전혀 개의치 않는다. 청소기를 천장에 대고 흡입력을 최고치로 올린다. 청소기 모터 소리에 귀가 아프고 청소기를 들고 있는 팔이 저리다. 그래도 3층 집이 나의 소음에 짜증이 난다면, 그래서 역지사지를 하게 된다면 지금 몸이 좀 불편한 게 뭔 대수랴. 하지만 역시나 변화가 없다. 어떤 방법도 통하지 않고 그럴수록 절망감과 스트레스로 미칠 것 같은 나는 급기야 미친 사람처럼 소리를 질러댄다. "야, 미친 xx야. 여기 너만 사냐. 정말 지겨워 죽겠다. 너네는 싸우지 않으면 그 짓거리냐."

최후의 방법으로 4층 집을 공략한다. 4층에서 뛰면 지들도 괴롭겠지. 이 집에 이사 온 지 2년 만에 4층 집 주인을 만났다. 나만큼이나 3층 남자를 증오하고 있었다. 그녀도 너무 화가 나서 방바닥을 치고 뛰었단다. 그랬더니 3층에서 음악 소리가 더 크게 나고 담배 냄새가 올라온다고. 결국 그녀도 복수를 포기했고, 하루하루 3층 남자가 이사 가기만을 기도한다고 했다. 그날 우린 2시간 동안 서로의 고충을 이야기하며 위로를 주고받았다. 보통 윗집이 우위를 점한다고 생각하지만 꼭 그렇지도 않음을 깨달았다. 위치의 문제가 아니라 누가 더 뻔뻔하고 미쳤는가의 문제다.

집을 구할 때 큰 것을 바라지 않았다. 그저 조용히 잠들고 아침이면 평온하게 커피를 즐길 수 있으면 됐다. 천사 같은 이웃을 바란 것도 아니다. 공동 주택에 살면서 타인을 존중하고, 실수하면 사과할 줄 아는 사람이면 만족했다. 이런 바람이 기본 권리가 아니라 운이 좋아야 가능하다는 것을 최근 일 년 동안 온몸으로 느낀다. 내 집에서 일방적으로 고통을 당해도 법이나 공적 기관을 통한 해결은 매우 요원하다는 것 또한 여러 시도를 통해 깨달았다. 이 고통에서 벗어나는 유일한 길은 누군가 이사를 가야 하고 새로 만나는 이웃이 공동 주택에 적합한 사람이어야 한다는 것이다. 역시나 이번에도 시스템이 아닌 운에 기대야 한다.

대한민국 헌법 제2장 35조 3항, "국가는 주택 개발 정책 등을 통하여 모든 국민이 쾌적한 주거 생활을 할 수 있도록 노력하여야 한다." 나는 대한민국 국민으로서 쾌적한 주거 생활을 할 권리가 나에게 있음을, 층간 소음으로 인해 나의 쾌적한 주거 생활 권리가 크게 침해되었음을 국가가 알길 바란다. 그리고 이를 해결할 정책을 실행하는 것이 국가 의무임을 소리 높여 주장하고 싶다. 이미 영국이나 프랑스를 비롯한 많은 국가에서 층간 소음에 대해 여러 정책을 시행 중이니 아이디어가 없으면 해외 사례라도 참조해서 하루빨리 실행하라. 그게 안 되면 재벌들이 사용하는 '법보다 가까운 주먹'을 나도 사용할 수 있도록 국가가 허가해주길 강력하게 촉구한다.

아이

이제 국가가 나서야 할 때인 듯합니다. 공법만 달리하면 얼마든지 이웃간 분쟁 없이 평화롭게 살 수 있는데도 뒷짐만 지고 있었잖아요. 들인 것에 비해 턱없이 비싼 건물들, 특히 분양가 생각하면 화나요. 집이 휴식처가 아닌 담화... 윗집 아저씨 정말 나빠요!

유자

아이고, 읽기만 하는데도 골이 지끈거립니다. 날마다 이런 날들이 이어진다 생각하니 진짜 고생 많으시겠다 싶어요. 국민 모두가 쾌적한 주거 생활에 대한 권리를 실현할 수 있도록 보다 명확한 국가 정책이 필요합니다. 개인적인 경험으로 시작해서 사회적인 메시지까지 던져주는 글이었네요.

둘리

"법보다 가까운 주먹을 나도 사용할 수 있도록 국가가 허가해주길 강력하게 촉구한다." 절박한 요구 사항을 위트로 표현하니 더 강력하게 다가오네요. 정말 힘든 고충입니다.

바우새

층간 소음 피해자가 이렇게 무력한지 몰랐어요. 저까지 심장이 두근거리고 폭력 충동을 느끼려는데 마무리를 위트로 달래주셔서 좀 나아졌어요. 주거에 관한 문제는 최대한 나라가 도와줘야 하는 것 같아요.

나드

층간 소음 피해자의 생생한 상황에 담화 특유의 유머가 녹아있네요. 전 좀 이상한 층간 소음의 피해자인데요. 아랫집에서 집에 엄마 혼자 다림질하시고 있는데 조용히 하라고 인터폰하고, 시끄러우니까 의자를 절대 끌지 말고 넘어 다니라고까지 해서 고통을 받고 있습니다. 그래서 의자 다리 커버 3대 씌웠습니다. 아이도, 강아지도 없고 시끄러운 사람도 없는데 맨날 조용히 하라고 난리에요. 저도 아랫집 이사 갔으면 좋겠어요.

> **담화**
>
> 아, 나드 글에 댓글을 안 달 수 없는... 우리 아래 위층으로 같이 살아요.

그레텔

댓글 안 달 수 없네요... 저는 층간 소음 때문에 안면 근육 경직 증상까지 겪었습니다. (100%는 아니었겠지만) 경비실에서 윗집에서 답변이 없다는 말만 들었어요. 전 집과 작업실이 합체인데... 몸까지 아파지는 건 억울해서 안 되겠다, 정신 승리로 하루하루 이어갑니다. 사람이라고 상식이 같은 건 아님을 제대로 체험했어요.

> **담화**
>
> 그레텔도 같이 살아요. 진짜 층간 소음은 폭력이에요.

바람

수백 년 후 역사책에 21세기 대한민국의 사회 문제로 층간 소음 문제가 기록될 것이라고 생각합니다. 그만큼 많은 사람들이 고통받고 있고요. 공간과 관계, 인간사의 모든 문제가 응집되어 있다고 생각되어서요. 글 따라 읽다가 머리 아파지네요.

감귤

"시스템이 아닌 운에 기대야 한다." 이 말이 참 씁쓸합니다. 저도 5년 동안 윗집의 고통을 받고 살았네요. 고무망치며 담배며 별의별걸 해봤지만 소용이 없더라는… 부모님도 신경쇠약 오시고, 다행히 윗집이 이사갔다고 생각했을 즈음 아랫집에 모차르트가 이사왔지만… 이런 세상에서 답은 탑층밖에 없는 것 같아서 집을 구한다면 무조건 탑층으로 생각하고 있네요. 앞으로도 계속되면 저희가 다 같이 가서 고무망치 다이어트를 하도록 하죠.

은유

한달음에 분통 터져하면서 읽었어요. 막연히 괴로울 것이라 생각했지만 생생하게 다가옵니다. "집에서 조용히 잠이 들고 아침이면 평온하게 커피를 즐길 수 있으면 됐다." 이게 왜 이렇게 어려운 바람이 됐는지 답답해집니다. 윗집 여자가 등장해서 잠시 숨통이 트이고 위안도 되고요. 한편의 글에서 희로애락의 감정을 두루 경험하게 해주니 좋은 글입니다. 소음에 관한 글이니까 의성어, 의태어가 나와도 재밌었겠단 생각이 들어요. 그리고 담화가 오프라인에서 보여주는 코믹과 반전, 유머가 들어가면 금상첨화겠어요. "야 미친 놈아" 이런 직접 인용의 대사가 있어도 될 테고요.

당신의 댓글을 기다립니다.

*당신이 현재 불편함을 느끼는 상황이 있다면?

엄마의 그 많은 밥은 누가 다 먹었을까

    십여 년 전 엄마가 허리 수술로 열흘 정도 병원에 입원했을 때 엄마 병실에는 매일 최소 5-6명의 방문객이 있었다. 간호사들이 엄마가 뭘 하시는 분이냐고 물을 정도였다. 그 후로 작은 수술과 치료를 위해 엄마는 몇 차례 더 입원해야 했고 그때마다 여전히 방문객이 많았다. 엄마를 둘러싸고 안타까워하는 사람들을 보며 엄마의 '무엇'이 춘천에서 서울까지, 그 먼 거리를 마다하지 않고 저 사람들을 오게 했을까 궁금했다.

    '밥' 덕분이라고 했다. 집에 오는 사람에겐 무조건 밥이라도 차려주는 것이 도리라고 생각했던 엄마는 이제 그 '밥'들이 다른 무언가가 되어 엄마에게 돌아온다고 믿고 있었다.

어릴 적 우리 집 밥상에는 늘 친척들이 함께했다. 우리 식구 5명보다 친척이 더 많은 날이 다반사였고, 10명이 앉을 수 있는 밥상이 좁아 엄마는 상을 두 번씩 차려야 했다. 유일하게 도시에 살던 우리 집은 친척과 고향 사람들이 도시에 나올 일이 있을 때마다, 또 자취하며 학교 다니던 사촌들이 배고플 때마다 찾아와 밥을 먹는 곳이었다. 세끼 밥만이 아니었다. 엄마는 우리 형제들과 사촌들 도시락도 쌌다. 매일 아침 부엌 선반엔 열 개가 넘는 은빛 스테인리스 도시락과 캐릭터 모양의 플라스틱 도시락이 그만큼의 반찬 통과 함께 줄지어 있었다.

예고도 없이 들이닥치는 사람들로 인해 엄마는 밥을 먹다가도, 상을 다 치우고 난 후에도, 자려고 누웠다가도 일어나서 밥상을 차렸다. 한 끼에 두세 번 상 차리기가 일상이었던 당시 엄마의 소원은 한 끼에 밥 한 번 차리기였다. 그 시절 엄마의 하루는 밥이 온통 차지했다.

"엄마, 예전에 우리 집에 있던 큰 밥솥 있잖아. 언젠가 식당에 갔는데 그 밥솥이랑 똑같은 게 있는 거야.

그때 알았어. 우리 집 밥솥이 가정용이 아니라 식당용이었다는 걸. 엄마는 그 많은 밥을 어떻게 다 한 거야?"

"나도 몰라. 그땐 그냥 다 그렇게 사는 줄 알았지. 생각해보면 20여 년을 조카들 뒤치다꺼리를 했어. 객식구들은 또 좀 많았나. 난 한창때 밥만 한 거야."

옛 시절을 생각하면 허무한 듯 고개를 젓는 엄마지만, 누가 집에 오면 여전히 밥부터 차릴 생각을 하고, 혼자 사는 동네 할머니가 새해 아침 떡국도 못 먹었다고 하면 떡국 냄비를 준비한다. 그런 엄마가 때로는 오지랖이다 싶어 한마디 하면 너처럼 정 없이 사는 것이 아니라고, 사람들이 우리 집에 잘 하는 것은 다 엄마가 그만큼 했기 때문이라고 타박을 한다. 엄마만 아니었다면 이 집에 올 사람도 없을 거라는 말을 할 때면 이미 여러 사람에게 검증이라도 받은 듯 엄마의 목소리에 확신이 가득하다.

그런 엄마가 지난 가을 이제 밥하기가 너무 싫다고 내게 전화를 했다. 아직까지 반찬 투정을 하며 세끼 꼬박 챙겨 먹어야 하는 아빠 때문에 매일 반찬 걱정을 해

야 한다고. 다른 집은 하루 한 번 외식하는 걸로 정했
다는데 네 아빠는 그런 것도 없다고, 전화로 하소연을
했다.

"이전에는 친구들이랑 밖에서 식사도 잘 하더니 요
새는 아빠 친구들이 나오라고 해도 안 나가. 그리고 꼭
고기가 있어야 밥을 먹어. 난 밥 먹는 것도 귀찮은데 어
떻게 그렇게 세 끼 다 챙겨 먹니? 눈도 잘 안 보이고 설
거지 하나 하는 것도 힘든데 아빠는 식탁에서 먹는 것
도 아니고 꼭 자기 자리로 갖다 달래. TV 봐야 한다고.
이기적인 인간이야… 나가서 먹자 하면 집에 밥 있는데
왜 나가 먹느냐고 해. 어우, 젊을 때도 그렇게 밥만 했
는데 여든이 된 나이에도 밥 해야 해. 무슨 팔자가 밥만
하다 끝나려나 봐. 그런데 넌 밥 먹었어? 저번에 TV 보
니까 검은 깨가 그렇게 좋다더라. 검은 깨 볶아서 보낼
테니까 반찬 할 때 많이 넣어 먹어."

삼시 세끼 꼬박 챙기는 남편에 대한 불만을 랩처럼
쏟아내던 엄마는 밥 잘 챙겨 먹으라는 말을 몇 번이나
한 뒤 전화를 끊는다. 평생 밥만 하다 인생이 끝난다는

엄마의 얘기가 머릿속에서 진공관이 되어 계속 울린다. 올해 여든인 엄마. 결혼하고 60년간 밥을 차렸으니, 단순하게 계산해도 엄마가 차린 밥상이 65,700번이다. 밥상이 그만큼이니 엄마가 담은 밥그릇은 또 얼마나 될까. 그 많은 밥상을 차리고 치우기를 반복했으면서도 여전히 아빠의 반찬 걱정을 하고, 누가 오면 인사가 끝나자마자 부엌으로 향하는 엄마. 엄마의 그 걱정이, 누군가에게 따뜻한 밥 한 끼 챙겨주고픈 마음이 나이 들어 작고 힘없는 엄마의 노동을 여전히 요구한다.

"너무 맛있어. 이렇게 맛있는 피자 처음 먹어 본다."
"뭘 처음 먹어. 예전에도 먹었는데."
"아주 옛날에 먹었겠지. 기억도 안 나. 아빠도 잘 드셨어."

엄마의 하소연을 들은 다음 날, 음식 배달 앱으로 춘천에 계신 부모님 집에 피자를 배달시켰다. 다 드신 후에 엄마가 전화를 하셨다.

"그런데 피자 가격이 이만 원도 넘던데. 다음부터는

내가 시키라고 하면 시켜. 괜히 돈 쓰지 말고. 집에 밥도 있는데."

"이만 원으로 한 끼 해결되면 싸지 뭘 그래. 먹고 싶은 거 있음 말만 해, 엄마. 요즘은 배달 안 되는 게 없어."

피자 맛에 감탄하다가도 결국 돈 얘기로 결론 내는 엄마가 웃기기도 하고 안타깝기도 하여 밥하기 싫을 때는 언제든지 얘기하시라며 전화를 끊었다. 피자를 처음 먹어 본 것도 아니고, 더 비싸고 좋은 음식을 못 먹어 본 것도 아닌데 엄마는 그날 피자가 왜 그렇게 맛있었을까.

엄마보다 젊지만 '끼니 때우기' 수준의 밥 차리기도 귀찮아하는 나는, 피곤한 몸을 달래가며 움직여 제대로 된 밥을, 그것도 하루 세 번이나 차려야 하는 엄마의 고단함을 가늠하기 어렵다. 그래서 엄마가 그날 그 피자를 왜 그렇게 맛있어했는지 이해하지 못한다. 다만 '남이 만들어준 음식은 다 맛있다'는, 밥하기의 괴로움을 토로하던 지인들 말을 지렛대 삼아 엄마 말에 공감하려 노력할 뿐이다.

　음식 배달 앱을 다시 켠다. 많은 음식점들이 별점과 후기를 뽐내며 배달 주문을 기다린다. 내일은 어떤 메뉴로 할까. 서울에 있는 내가 몇 번의 스마트 폰 터치로 춘천에 있는 부모님께 음식을 보내 드린다. 음식 배달 앱이 있어 다행이다.

그레텔

한평생 밥으로 온갖 사람들을 돌보신 담화의 어머니, 그리고 지금도 밥을 차리시는 어머니들께 우선 무한 감사. 저는 결혼 후 타인의 밥을 챙기기 시작한 후에야 가사, 특히 부엌일의 고단함을 알았어요. 매일 다시 돌 굴리는 시지프스가 저절로 떠올랐어요. 세상에서 가장 따뜻하지만 그래서 함부로 말할 수 없지만, 실상 착취에 가까운 이 노동에 대해서는 여전히 좋은 마음을 가질 수가 없어요. 특히 여성의 가사 및 돌봄 노동을 당연하고 아무렇지 않게 여기는 무념의 태도에는 분노가 점점 더 빨리 차오르네요. 삶에서 가장 중요하지만, 그것만으로는 살 수 없는 '밥'으로 점철된 한 여성의 삶을 어떻게 봐야할지 충분히 정리가 안됩니다. 복잡해지는 제 머릿속과는 별개로 담화의 글은 언제나 명료하고 경쾌해서 좋습니다.

둘리

엄마가 차린 밥상의 횟수를 물리적으로 계산한 담화의 재치에 잠시 웃었어요. 지금 여든이 되신 어머님들께 밥은 우리 세대와 너무 다른 의미였을 거 같아요. 가족과 이웃에게 밥 한 끼 차려 먹이고 싶은 마음과 그 수고로운 노동은 우리 어머님 세대가 마지막이지 않을까 싶어요. 담화 글을 읽으며 이 구절이 생각나네요. '엄마라는 직업은 가장 섬세한 지적, 정서적, 육체적 노동을 요구한다'는... 그리고 이 글 읽으며 제가 얼마나 올드한 사람인지 새삼 알았네요. 저는 서울에서 지방에 계신 부모님께 배달 앱으로 음식 시켜드리는 거 상상도 못했거든요.

당신의 댓글을 기다립니다

*당신의 어머니를 떠올릴 때 생각나는 단어들은 무엇입니까?

/담화

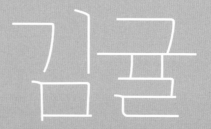

김풀

\# **좋아하는 공간은?**

PC방.

어렸을 때부터 집처럼 드나들던 곳.
스트레스를 안고 퇴근하는 날
PC방은 유일한 안식처.

취준생의 뱃살

2018년 상반기 취업 시장에서 전패를 당한 나는 하반기 전까지 한 달 동안 다이어트를 했다. 두 달 사이에 10kg이 불어버린 뱃살 때문이었다. 정상 체중은 72kg인데 80kg이 넘으니 걸을 때마다 무릎과 쓸리는 허벅지가 아팠다. 다행히 한 달 동안 채식과 운동으로 정상 체중을 되찾았지만 불안했다. 하반기 취업 시즌이 시작됐으니까. 작년 하반기 취업 준비를 하던 내가 떠올랐다.

치킨 한 마리, 된장찌개 백반, CU 샌드위치와 제육도시락, 맥도날드 빅맥 올인원 세트, 베스킨라빈스 싱글콘, 탐앤탐스 커피와 치즈 케익, 스윙칩 매운맛, 아몬드 빼빼로, 코카콜라 1.5L. 작년 하반기에 내가 하루 동안 혼자서 사 먹은 것들이다. 부인하고 싶지만 내 체크

카드 문자 내역서가 부끄럽게도 이를 상기시킨다. 난 폭식을 하고 있었다.

자소서를 쓰다 보면 당이 떨어진다는 느낌이 자주 들어서 도서관에 잘 앉아있지 못했다. 그럴 때면 거의 50분에 한 번씩 편의점에 갔다. CU로 달려가 당을 충전할 과자를 고른다. 자소서를 쓰면서 500개는 먹었을 거 같은 '롯데 샌드', 이빨에 쩍쩍 붙는 '미니 약과', 하나씩 꺼내 먹기 좋으나 금방 없어지는 '누네띠네', 치아가 녹을 것 같은 '크런키'와 '킷캣'. 과자를 고르고 음료 코너로 간다. 뭔가 내 몸을 지켜줄 것 같은 야채 주스를 집는다. 당 덩어리에 말도 안 되는 상술이라는 걸 알지만 그래도 내가 스스로에게 해줄 수 있는 가장 건강한 선물이다. 한아름 사들고 열람실로 돌아간다. 물론 아무도 신경 쓰지 않았겠지만 편의점에 너무 자주 가는 것 같아 옆자리 사람에게 부끄러워 자리를 옮긴 적도 있다. 그만큼 자주 편의점에 갔고 많이도 먹었다.

이렇게 취업 준비로 바쁜 와중에 취미가 있었는데, 야식을 시키는 것이었다. 하루 종일 자소서를 쓰고 지처 집에 들어가면 피곤했다. 그런데도 나는 새벽 3시에 배달의 민족이나 맥도날드 딜리버리 앱을 켰다. 새벽까지 연 치킨집을 찾아 전화를 걸어서 치킨을 시켰다. 기다리는 동안 졸다가 새벽 4시에 치킨을 받았다. 눈은 반쯤 감고서, 배가 너무 불러 배가 아프면서도 그 자리에 앉자마자 닭 한 마리를 해치웠다. 배가 터질 것 같은 나쁜 포만감을 느끼고 나서야 나는 잠을 청했다. 대학 자취생 평균 식비가 한 달에 27만원이라는데, 나는 혼자서 45만원을 식비에 썼다. 원하던 기업에 떨어져한 마리, 자소서에 스트레스 받아 한 마리, 왜 이런 레이스를 해야 하는지 고민이 되어서 한 마리. 내가 해결할 수 없는 고민들만큼 네네치킨 쿠폰은 두 달 사이 9장이나 쌓였다.

한번은 심리 상담사가 내 이야기를 듣고서 우울할 땐 폭식 대신 종교를 가져보라고 했다. 집 근처에 절이 있어서 솔깃했다가 절에 갈 시간이나 있을까 생각해보곤 흘려 넘겼다. 현실적으로 시간도 없고 에너지도 없는 내가 취업 스트레스를 견딜 수 있는 건 폭식뿐이었다. 짧은 시간 안에 먹는 순간이라도 몸 안의 긴장감이 풀리고 고민이 잠시나마 없어지니 계속 중독될 수밖에. 변명을 좀 해보자면 이런 중독자가 나 혼자는 아니었다. 나처럼 폭식을 하진 않아도 같이 취업 준비를 했던 한 친구의 노트북에는 의류 쇼핑몰이 항상 떠 있었다. 그는 자소서를 쓰면서도 몇 분에 한 번씩은 인터넷 쇼핑을 했다. 새벽 5시까지 PC방에서 게임을 하는 취준생 친구도 있었다. 난 돼지의 방식을 택한 것일 뿐, 모두가 취업이라는 아슬아슬한 절벽에서 맨정신으로 버티기 위해 자신만의 중독을 앓고 있었다.

앉아있을 때 배가 접히는 걸 보니 완연한 취업 시즌이다. 다이어트에 성공한 지 얼마나 됐다고 자소서 마감 하루 전인 오늘 체중을 재보니 77kg이다. 곧 80kg을 훌쩍 넘을 거라는 사실이 자명했다. 어쩔 수 없다. 채용 공고가 계속 올라오니 다이어트는 언감생심. 또다시 인생 최대 몸무게를 갱신하고, 걸을 때 허벅지가 쓸려 염증이 생기고, 역류성 식도염에 시달릴까 두렵다. 이 악순환은 취업이 되면 사라질까. 그걸 알 수도 없고, 그렇다고 별수도 없는 취준생은 오늘도 '롯데 샌드'를 깐다.

은지

취준생의 뱃살이라니 제목부터 눈에 들어왔어요. 서두부터 결말까지 흩어지지 않고 취준생의 긴장과 스트레스, 나름의 애환을 잘 표현한 거 같아요. 쿠폰 개수로 치킨은 얼마나 자주 먹었는지 보여주는 것도 좋고, 롯데 샌드, 완전 공감해요. 잘 읽었습니다.

단무지

내일 자소서 마감 때문에 바로 귀가한다던 귤님 모습이 떠올랐습니다. 지금도 편의점 음식과 과자들을 옆에 두고 계시지는 않은 지... 허황된 위로보다는, 쓸데없는 참견보다는 더 이상 자소서를 쓰지 않기를 기원해 드리겠습니다.

바다

자소서, 나를 120% 보여주어야 한다는 불필요한 감정 노동의 스트레스는 정말 어마어마한 거 같아요. 영혼을 탈탈 털면서 쪼그라들었던 경험이 기억나네요. 글 잘 읽었습니다. 체크카드 내역서나 누구에게나 길티 플레질 수밖에 없는 과자들의 나열을 보면서 글에 휙 빨려 들어가게 됩니다. 경쾌하게 잘 읽힙니다만, 폭식의 메뉴는 구체적인데 반하여(세 단락이나 배정되어 살짝 긴 느낌도 있고요), 취준생의 스트레스가 얽힌 구조적인 문제에 대한 고민은 너무 약식으로 처리되면서 글이 끝나버리는 게 좀 아쉽습니다. 한 단락 정도 추가해서 뒷부분을 좀더 보강하면 (장강명의 『당선, 합격, 계급』과 비슷한 문제의식이 될 듯?) 좋을 거 같다는 한 독자의 소소한 의견입니다.

/ 감귤

유자

제목이 확 다가옵니다. 몸무게, 식비 금액, 쿠폰 개수 등 구체적인 숫자가 등장해서 이해가 더 잘 되었구요. 음식을 나열하니까 더 몰입이 됩니다. 저도 스트레스 받거나 마음이 허하면 먹는 걸로 많이 풀어서 (절대 식욕이 줄어드는 법은 없음) 공감이 많이 되었어요.

둘리

읽는 동안 내 뱃살이 접히고 위산이 역류하는 느낌이 고스란히 전해오네요. 취업 준비 풍경에 숨이 막힙니다. 이 시기의 고민으로 다른 시간을 살 수 있기를요. 그리고 취업 후 귤의 일상과 고민은 어떻게 전개될지 살짝 궁금도 하네요.

은유

영화의 한 장면 같아요. 삼선 트레이닝 입고 편의점 드나드는 취준생 이미지가 그려집니다. 먹은 것들의 목록이 고유 명사로 제시되고, "대학 자취생 평균 식비가 한 달에 27만원이라는데 나는 혼자서 45만원을 식비에 썼다" 같은 통계가 뒷받침되니 '참 많이 먹었구나' 알게 됩니다. 핵심은 '나쁜 포만감'을 불러오는 과도한 식욕의 정체는 취업 불안감이라는 것. 이 부분이 먹는 얘기만큼 상세히 나와야 하는데 스치듯 지나가요. 취준생 몇 년차인지, 당장 돈을 벌어야 하는 상황인지. 어떤 기업을 원하는지, "왜 이런 레이스를 해야 하는지" 고민한다고 했는데 내용은 무엇인지. 쳇바퀴 도는 것 같은 빤한 얘기라도 취업을 원하는 구체적인 현실, 자소서의 한 대목이라도 잘 보여주어야 독자도 '자소서 쓰는 게 힘들구나' '취업 준비하는 게 정말 스트레스 받겠다' 공감하겠지요. 취준생은 왜 뱃살이 나오는가, 현상 말고 원인에 비중을 늘린다면 지금 글은 블랙 코미디 느낌인데 좋은 르포 될 거예요.

당신의 댓글을 기다립니다.

/ 김귤

'PC방'이라는 피난처

삶에서 내리막길은 고달프다. 딱 하나 빼고. 지하 PC 방으로 가는 내리막길은 언제나 즐겁다. 딸랑하고 문을 열면 "왔냐"라고 반겨주는 주인 아주머니. 친구들과 빈자리를 스캔하고 3연석, 4연석을 찾아 앉는다. 시몬스 침대보다 편하게 뒤로 넘어가는 의자에 기대 전원을 딸깍. 부팅을 기다리는 시간이 화장실에 간 여자친구를 기다리는 것처럼 지루하지 않다. 경건히 아이디와 비밀번호를 입력한다. 든든하게 충전되어 있는 시간에 맘 놓고 아이스티까지 주문하면 전투준비 완료다.

대학교 1,2학년 땐 PC방에서 살았다. 수업이 끝나면 넘치는 시간들에 어쩔 줄 몰랐다. 내가 뭘 좋아하는지, 원하는지, 해야할지 몰랐다. 그동안 그걸 알아 갈 시간도 없었으니까. 남자는 파란색 내복만 입으라는 사회에서 카페 수다도 어색했다. 강의와 강의 사이 비어있는 시간은 전부 PC방에서 보냈다. 하루에 대여섯 시간은 기본, 방학 땐 열 시간도 넘게 했다. 오죽하면 게임하다가 잠들 때 아주머니가 담요까지 덮어주는 VVIP급 의전을 받았을까. 외롭진 않았다. 언제 가도 나 같은 선배, 동기, 후배들이 넘쳤으니까.

한국 청소년들의 PC방 연대기는 유구하다. 90년대생 남자들이 그렇듯 초등학교부터 "넌 게임 뭐해?"로 말을 텄다. 하굣길에 같이 PC방을 가고 다음날 내내 어제의 게임을 복기했다. 사실 달리 갈 곳도 없었다. 제일싼 커피가 4천원이 넘는 세상에서 학생이 천원에 1시간이나 보낼 수 있는 곳은 거기뿐이었다. 스트레스를 풀곳도 없었다. 20대는 힘들면 술이라도 마실 텐데 청소년은 술도 마실 수 없다. 힘듦을 이야기하고 나누는 것에도 서툰 10대. 서로를 위로하는 법도 모르고 스스로를 위로하는 법도 모르는 우리는 그저 같이 게임을 했다. 나와 우리를 위한 위안이었다.

그렇게 절망을 견뎌온 10대는 자라서도 PC방에서

절망을 해소한다. 대학교 PC방의 호황은 아이러니하게도 취업 시즌과 시험 기간이다. 이때 자리를 찾으려면 두세 군데는 돌아다녀야 한다. 게임이라도 하지 않으면 스스로가 불쌍한 청춘들이 가득하다. 나도 지난 학기 취업 준비를 하는 친구들과 매일 한 번씩은 갔다. 자소서와 인적성 검사 준비로 뇌가 굳었을 때 누군가 "고?"라는 단음절만 외쳐도 모두 가방을 쌌다. 도피였지만 동시에 숨구멍이었다. 두뇌 회전이 멈춰도 자소서는 써야 했기에 빠르고 값싼 재충전이 절실했다. 우린 취준생에서 잠깐 화염의 마법사가 되면서 현실을 잊었다. 1시간 동안 게임 속 몬스터들에게 서러움과 외로움을 토해냈다. 터덜터덜 돌아오는 길, 누군가 인생 뭐 같다고 운을 떼면 "우리 그래도 쉬었잖냐"하며 다시 노트북을 타닥타닥.

기댈 곳 없던 내 10대의 안식처이자 방전된 내 20대의 충전소. 아직도 작업을 하거나 글을 쓸 때 종종 PC방에 간다. 이만큼 편한 장소도 드물기 때문이다. 오랜만에 가본 집 앞 PC방에 교복을 입은 학생들이 가득하다. 아이들은 어떤 마음으로 그 내리막길을 걸었을까.

그 마음은 알지 못하지만 PC방에 빈 자리가 없는 걸 보니 고달픈 사람이 많다는 건 알 수 있었다. 21세기의 어린 피난민들은 PC방에 모인다.

담화

김병욱의 시트콤을 보는 듯 해요. 빵빵 터트리다 슬며시 삶의 고달픔을 던져놓는. 꼭 예능 PD가 되시길. 김귤표 예능을 보고 싶습니다.

나드

감귤 덕에 PC방을 몰래 엿본 느낌. 절망을 견디고 절망을 해소하는 그곳이 앞으로 다르게 보일 듯 합니다. 게임을 하지 않고 오랜시간 PC방을 가보지 않은 저에겐 다른 세상을 살고 있는 그들의 아픔과 애환이 막 다가옵니다.

유자

고? ㅋㅋㅋㅋ 상황이 그려집니다. ㅋㅋ 피씨방이 피난처라는 이유를 충분히 서술하여 공감이 잘 되었습니다. 쓸쓸한 삶의 단상을 그리 무겁지 않게 적절히 유머 코드 섞어서 속도감 있게 전개하여 글이 잘 읽혔습니다.

그레벨

PC방 엘레지네요. ^^ 주변에 그렇게 많아도 한번도 관심 안 가졌던 공간인데... 거기에 스미고 쌓였을 청년의 애환이 경쾌하고도 진지하게 전해져요. 계속 듣고 싶은 기분이 들 정도로요.

은유

'21세기의 어린 피난민들은 PC방으로 모인다.' 이 한 줄로 이야기가 수렴되네요. 바깥 놀이와 정서 나눔을 배우지 못한 남자 아이들. '서로를 위로하는 법도 모르고 스스로 위로하는 법도 모르'기에 친구와 환대가 있는 공간인 PC방에서 나란히 게임을 한다는 것. 도피이자 숨구멍, 안식처이자 충전소인 PC방. 은유가 넘쳐나는데 이것이 힘을 받으려면, 구체적인 사례가 하나 필요해요. 이 글은 그저 멀리서 전체를 개괄하는 느낌이거든요. 이게 PC방 르포가 되기 위해선 현미경 씬이 한 단락 필요해요. 가령 저처럼 태어나서 PC방에 한번도 안 가본 사람을 위해서 두어 가지 보완해주세요. PC방 내부의 세부 묘사, 인물 군상들, 그리고 게임의 구체적인 소개. 어떤 식으로 게임이 진행되고 어떤 점이 재미나다. (예전에 누군가 게임은 현실과 달리 노력을 배반하지 않는다. 그래서 좋아한다는 말을 들었어요.)그 부분만 보완하면, '시몬스 침대보다 편하게 넘어가는 의자', 'VVIP급 의전' 등 경험에서 나온 찰진 비유들, 주제 장악력, 주제의식 두루 좋습니다.

당신의 댓글을 기다립니다.

#당신의 피난처는 어디인가요?

윤슬

 # 현재 나의 삶을 나타내는 키워드 세 가지는?

공감
상생
열정

나의 행복지수

새벽 6시 알람이 울린다. 빵이나 떡, 과일, 주스 등 간단한 남편 아침을 차려 놓고 스르르 다시 잠든다. 7시에 일어난다. 큰애 아침을 차려주니 다시 눈이 감긴다. 이번엔 7시 반, 둘째 아들의 아침상을 차린다. 6시보다 7시 반에 일어나는 게 더 힘들다. 그 짧은 사이사이, 엄청 달콤하게 자나 보다.

이렇게 세 남자가 집을 나간다. 묵언 수행하는 절 같은 공간에서 기계처럼 같은 일을 반복하던 나에게 만면 미소와 더불어 행복감이 밀려온다. 행복지수를 0에서 10으로 표시하자면 서서히 올라가는 게 아니라, 0에서 갑자기 10이 되는 순간이다. 사랑하는 이들과 같이 있음 행복해야 하는데, 그들이 없어야 행복하니 웬지 맘이 불편하다.

그림을 그리는 나는 주로 화실에 나간다. 친구와 점심 약속을, 또는 혼자만의 시간을 만끽하면서 오후 5시까지는 행복지수 8~9를 유지한다. 5시쯤 되면 카톡에 주의를 기울이게 된다. 저녁 먹고 온다는 남편의 멘트를 목 빠지게 기다리건만 내가 원하는 메시지는 쉽사리 오지 않는다. 또 저녁을 해야 하나. 나의 행복지수는 갑자기 하락하기 시작하고, 도살장 끌려가는 소마냥 나는 집으로 들어간다.

　　낮에도 높은 행복지수를 계속 유지하는 건 아니다. 갑작스런 시댁의 출현, 사고뭉치 둘째 아들의 학교 호출, 나의 자질구레한 사고 등으로 행복지수 5 이하의 날들도 있다. 하루는 접촉사고를 냈다. 젤 처음 드는 생각은? 오늘 무슨 요일이지? 사고 낸 것을 남편이 알면 정신을 어디 두고 다니느냐 잔소리할 것이기 때문이다. 사고 시 제일 중요한 것은 남편 모르게 일을 처리하는 것이다. 티가 안 나야 하므로 보험 처리 같은 건 없다. 최대한 빨리 금요일까지 차를 고쳐 달라고 한다. 금요일에 사고를 치면 주말에 내 차를 종종 사용하는 남편에게 들킬 수 있기 때문이다. 그래서 금요일은 특히 조심 운전을 한다.

스타벅스에서 친구를 만나 접촉사고 얘기를 무용담처럼 호기롭게 떠든다. 마시던 커피가 남아서 집에 가져갈까 하다가 그냥 버린다. 언젠가 식탁에서 스타벅스 커피잔을 본 남편으로부터 집에 커피가 있는데 이런 데서 커피 마시냐는 핀잔을 들었기 때문이다. 내가 거의 매일 이런 곳에서 커피 마시는 걸 안다면 이혼 사유에 해당될 수도 있을 것이다.

친구가 다음 주 저녁 모임에 나올 수 있냐 내게 묻는다. 일주일에 하루 정도만 저녁 약속을 정하기에 스케줄을 보고 답해준다. 나가고 싶다. 야구를 좋아하는 나는 잠실 야구장에 직관도 가고 싶다. 저녁에는 공연도 보고 싶다. 하지만 이내 내가 뭘 대단한 걸 하겠다고, 힘들게 일하고 오는 사람 저녁밥까지 안 차려주고 나가나 싶어 포기한다. 이번 생은 이렇게 살아야 할 것 같아 씁쓸하다.

가을이면 나는 예술의 전당에서 그림 전시를 한다.

이때는 남편이 저녁 시간 나의 부재를 묵인해준다. 전시 도록에는 오전 11시부터 오후 8시까지라고 되어 있지만 작가들은 보통 7시쯤 마무리를 한다. 집에 들어가기 아주 애매한 시간이다. 난 무조건 저녁 약속을 하고 10시에 들어간다. 어쩌다 약속이 취소된 날은 집 앞에 차를 대고 차 안에 있다가 들어가기도 한다. 그냥 들어갔다간 재수 없게 밥을 해야 할 수도 있고, 일찍 들어올 수도 있는데 놀다가 늦게 들어오는 인상을 주기 때문이다. 놀기 위한 저녁 약속과 전시 때문에 생기는 저녁 약속은 남편에게 시사하는 바가 다르다.

최근에 지인의 소개로 다양한 직업의 사람들로 구성된 모임에 들어갔다. 그곳에 전업주부는 없었다. 그 모임의 여자들은 자신의 활동 영역에 밥이나 저녁 시간, 주말 시간 따위는 고려 대상이 아니었다. 시간의 구애 없이 자유롭게 자기 의지로 사람들을 만나고 여행도 다니며 식구들의 눈치를 보지 않았다. 공통점을 살펴보니 그들은 다 웬만한 남자들만큼의 경제력을 가지고 있었다. 경제력이 주는 그들의 당당함 앞에 난 다시 왜소해졌다. 그래, 저녁밥은 해야겠구나.

/ 윤슬

가끔씩 모임에서 그들과 만나면서 남편에게 뻔뻔해지라는 그들의 말에 난 조금씩 물들어가고 있었다. 부모님으로부터 바깥일은 집안일보다 중요하다고 세뇌당했던 나는 웬만하면 남편의 비위를 맞추었고, 남편이 싫어할 만한 일은 굳이 알리지 않고 혼자 해결했다. 하지만 언제부턴가 난 달라지고 있다. 내가 먼저 시비를 걸진 않지만 부당한 잔소리를 들으면 그동안 준비해온 멘트로 남편에게 잔 잽을 날린다. 남편은 은근슬쩍 변한 내게 할 말을 잃는다. 처음엔 큰일 날 거 같아 가슴이 콩닥콩닥 뛰었지만 정작 말하고 나면 아무 일도 일어나지 않았다.

지금은 일주일에 두 번 정도 저녁 약속을 정한다. 겨우 한 번 늘었다. 남편에게 구구절절 설명하거나 허락을 구하지 않고 그냥 약속 있다고만 얘기한다. 남편 혼자 먹으라고 저녁밥을 차려 놓고 나오기도 한다. 남편은 예전처럼 군말은 하지 않지만, 가부장적인 남편의 얼굴은 이런 나를 인정하는 게 아니라 싸우기 싫다는 표정이다. 싸움 대신 침묵을 선택한 우리 부부는 외면적으로 무탈하게 지내는 것처럼 보인다.

하지만 나의 행복지수가 많이 상승한 건 아니다. 아직도 내 마음 속에는 힘겨운 싸움이 남아 있기 때문이다. 25년 동안 결혼 생활을 하며 티도 안 나는 살림, 뜻대로 안 되는 아이들. 그래도 이만큼 하느라 고생했으니 이제는 자유롭고 싶다는, 내 의지대로 내 스케줄을 정하고 싶다는 욕망이 내게는 있다.

남편은 왜 아내가 집에서 차려주는 저녁 밥상에 집착하는 걸까? 남편 경제력으로는 집밥보다 더 풍성한 음식을 사 먹을 수 있는데 말이다. 남편에게 밥은 단순히 그냥 한 끼가 아니다. 그 속에는 가족을 위해 희생한다고 생각하며 돈 벌어오는 가장으로서 위로받고 대접받고 싶은 욕망이 있다. 드라마나 영화에 잘 나오는 대사가 생각난다. 남편이 부인에게 우악스럽게 소리 지른다. 내가 누구 때문에 이렇게 나가서 돈 버느라 고생하는데! 반쪽짜리 진실, 그 대사를 들을 때마다 저 남자는 과연 결혼을 안 했다면 진짜 돈 버는 걸 포기하고 살았을까, 의심해 본다.

그러나 만약 남편도 이제 자유롭고 싶다며 돈 벌어

오기를 안 하겠다고 하면 내 자유로움에 대한 욕망은 사치가 되지 않을까 우려도 된다. 내가 남편의 혜택을 누리면서도 밥을 안 하는 건 왠지 내 스스로 떳떳해 보이지 않는 것이다.

내 마음의 갈등은 쉽게 사그라들지 않을 것이다. 어쩌면 내가 남편에게 의지하지 않아도 될 만큼의 경제력을 갖지 않는 한 계속될 수도 있다. 내 경우에 이 갈등을 극복할 수 있는 방법은 두 가지가 아닐까. 하나는 경제력을 갖기 위한 활발한 활동들을 계속하는 것이고, 또 하나는 자유로움을 위한 나의 작은 도발들에 남편이 익숙해지도록 뻔뻔함을 잃지 않는 것!

둘리

윤슬, 글 재미있게 읽었어요. 이렇게 말하고 나니 민망하기도 하네요. 가슴 콩닥거리며 남편에게 준비한 공격의 멘트를 날리고 뻔뻔한 도발을 하기까지 그 갈등이 만만치 않았을 텐데 말이에요. 남편의 경제력에 기반하여 생활하는 이들에게 공감의 지점들이 많을 거 같아요. 아침에 시계를 세 번이나 맞추고 아침밥을 차려주는 일상 묘사나 전시회 후 일정 없으면 차 안에서 시간을 보내다 늦게 들어간다는 묘사에서 윤슬의 자유롭고 싶은 마음이 읽혀집니다. 이 글에서 뻔뻔함이라는 단어가 얼마나 빛을 발하는지... 윤슬의 재치에 웃었습니다.

바우새

접촉 사고가 났는데 제일 먼저 오늘이 무슨 요일인지 떠올리는 이야기로 윤슬이 그간 느꼈을 감정이 조금이겠지만 제게 와 닿았습니다. 글 안 에피소드가 생생해서 경쾌하게 읽었어요.

그레텔

분량이 길지는 않지만 짧지 않은 삶의 분량이 담겨서 그런지 쉽게 읽으면 안 될 것 같다는 느낌이네요. 제 삶과 디테일이 많이 다르긴 하지만 오래 묵은 일상의 문제를 정면으로 마주하는 이야기라서 공감이 됩니다.

바람

다시 읽어도 화가 나네요! 왜 바깥일만 대단한 일이라고 생각했을까요? 집안 일을 무임금으로 잘 부려먹고 당연시 되는 세뇌... 그렇게 생각할 수밖에 없게 하는 심리 묘사가 너무 사실적이네요.

당신의 댓글을 기다립니다.

당신을 행복하게 만드는 5가지를 떠올린다면?

_____

_____

_____

_____

_____

_____

_____

_____

_____

_____

_____

_____

_____

_____

_____

_____

_____

_____

_____

/윤슬

연기자가 되고 싶어요

"나, 연기자가 되고 싶어요."

중학교 3학년인 큰애의 말을 처음에는 뜬금없다고 생각했다. 유난히 사교성이 좋은 큰애는 당시 학생회장이었다. 아마도 연기자가 되겠다는 것은 회장을 맡은 후 여자 후배들의 인기를 한 몸에 받으며 잠시 연예인이라도 된 듯 착각에 빠진 거라고 무심히 넘겼다. 5월 축제기간 동안 큰애는 아이돌 가수의 노래를 멋지게 불렀다. 그리고 다시 같은 말을 했다. "나, 연기자가 되고 싶다고요. 예고에 가고 싶어요."

공연을 보고 살짝 놀란 나는 큰애가 연기를 전공하는 것이 어쩌면 뜬금없는 일이 아닐 수도 있다고 생각했다. 큰애 말이 심상치 않다는 것을 느껴, 평소 알고 지내던 PD 친구에게 큰애를 데리고 가서 예고 진로 상담을 했다. 그는 일반고에서 다양한 친구들과 그 나이에 겪을 수 있는 풍부한 경험을 쌓으며 책을 많이 읽는 것이, 예고에서 연기라는 테크닉만 배우는 것보다 더 중요하다, 그리고 꼭 연극영화과를 가지 않아도 좋은 대학을 가는 것이 연기자가 될 때 더 유리할 수도 있다고 말해주었다. 부모의 열 마디 말보다 전문가의 한마디 말에 신뢰를 보이는 큰애는 좋은 대학, 아무 과(科)나 가서 연기를 하겠다는 뜻을 품고 일반고에 입학했다. 연기자에 대해 다시 생각할 시간을 벌어준 친구가 고마웠다. 하지만 고등학교 첫 중간고사가 끝나자마자 큰애는 결심한 듯 비장하게 말을 꺼냈다.

"엄마, 나 다른 애들처럼 저렇게 독하게 공부 못 하겠어요. 나 연극영화과 갈래요." 큰애의 이 말로 인해 고교 시절 내내 가족의 싸움이 계속되었다.

큰애의 선언에 남편은 '네가 어떻게 나한테...' 막장 드라마에 나오는 배신자에게서 느끼는 억울한 표정을 지었다. 남편은 큰애를 붙잡고 여러 번 얘기 해봤는데도 뜻을 굽히지 않자, 큰애와는 더 이상 말을 섞지 않으며 엄마인 나를 괴롭히기 시작했다. 그때마다 나는 큰애 편을 들었다. 남편은 다른 애들이 독하게 공부하는 거 보면 더 독하게 공부할 각오를 가져야지, 왜 지레 포기하느냐, 큰애는 좋아하는 것과 잘 하는 것을 구별하지 못한다, 우리 집안에 그런 피는 없다, 분명 조금 해보다가 그만두고 공부 덜한 것을 후회할 거라 확신했다. 나는 자기 적성에 공부가 안 맞는다는 것을 일찍 아는 것도 현명한 거다, 단지 5프로만 일류대를 가는데 당신은 왜 우리 애가 확률이 낮은 5프로에 있는 게 당연하다고 생각하느냐, 잘하니까 좋아하는 거지, 고등학생이나 돼서 잘하지도 못하는 것을 좋아할 만큼 어리숙하지는 않을 거다, 나도 애가 얼마나 잘 해낼지 불안하다. 하지만 세상에 확실한 길이 있나. 그것 또한 직접 해봐야 아는 것이고, 해보다가 이 길이 아니다 싶으면 그때 정신 차리고 공부하겠지, 선택은 본인이 해야 하는 거 아니냐고 반박했다. 남편은 똥인지 된장인지 먹어봐야 아느냐면서 한심하다는 표정을 지었다. 나는 곧이어 저렇게 하고 싶어 하는데 안 시켜주면 3년 내내 공부도 연기도 안 하다가 당신이 제일 두려워하는 그저 그런 대학에 간 후 그때부터 연기하겠다고 난리칠 거 같다고 말했다. 그 말에 남편은 아무 말도 잇지 못했다.

이런 나의 반(半)협박으로 허락을 받은 후 큰애는 연기 학원에 등록했고 오후 4시 학교가 끝나면 분당에서 강남까지 매일 학원을 다니면서 물 만난 고기마냥 즐거워했다. 그러던 어느 날 남편은 술이 얼큰하게 취해서 들어와 "난 세상에서 가장 불행한 아빠야"라고 혼잣말을 했다. 연기 수업을 하며 저렇게 신나게 사는 큰애가 나는 뿌듯하기만 한데 남편은 불행하다니, 같은 아들을 둔 부모인지 의아했다.

싸움은 시댁 모임에서도 이어졌다. 아버님은 에비 에미란 것들은 뭐하는 거냐, 다리를 부러뜨려서라도 못하게 막아야지, 하며 소리를 지르셨다. 큰애는 정색하며 내 일인데 나를 혼내시지 왜 아빠 엄마한테 그러시느냐, 할아버지는 내가 행복한 것을 원하지 않냐, 라고 물었고, 할아버지는 네가 행복하기를 너무도 원하기 때문에 말리는 거라 설명하셨다.

/ 윤슬

몇 번이나 들은 같은 말, 우리 집안에 딴따라 피는 없다 하신다. 큰애는 외삼촌은 영화과 교수이고 엄마는 그림을 그리지 않느냐, 다 같은 예능인데 왜 우리 집안에 피가 없다고 하시느냐 물었다. 아버님은 나를 노려보셨다. 시댁에서 일컫는 집안이란, 공부로 인정받는 직업의, 남자 성(性)을 가진 사람들의 집단이라는 것을 큰애가 알 리 없었다. 나는 영문도 모르고 미안해야 했다.

이 지긋지긋한 가족의 싸움에서 나는 부모의 이기심과 욕심이라는 폭력을 보았다. 아이가 행복해하는 것, 그것은 부모의 욕망과 일치할 때만, 그제서야 떳떳한 것이었다. 문득 애들이 학교에 입학할 때마다 장래 희망란에 아이에 대한 부모 희망도 같이 썼던 것이 생각났다. 아이의 장래 희망에 부모의 압력이 새겨지는 순간일 것이다.

난 더 이상 이런 식으로 상처를 내는 싸움을 하고 싶지 않았다. 한순간이 떠올랐다. 대학교 1학년 때 나는 친구들과 인천 월미도의 분위기 좋은 카페에서 노을이 지는 것을 기다리고 있었다. 아직 노을이 지기 전이었지만, 시계를 본 순간 나는 벌떡 일어나 노을 보기를 포기하고 집으로 향했다. 아빠가 밤 9시까지 들어오라 했기 때문이었다. 그날 나는 친구들과 바닷가에서 붉은 노을을 바라볼 수 있는 아름다운 순간을 잃었다. 안정감은 얻었지만 행복감은 잃었다. 나는 내 아이들이 부모 때문에 자신의 소중한 순간순간을 놓치길 원하지 않는다.

그날 난 큰애를 불러 얘기했다. "앞으로 너의 선택 기준에서 엄마는 빼라. 엄마 때문에 네가 하고 싶은 것에 망설이는 일은 없길 바란다. 엄마는 네가 어떤 일을 하든, 어떤 여자와 사귀든 무조건 너를 지지할 것이고, 적어도 네 인생에 훼방꾼은 되지 않을 것이다." 그때 나는 아이들에 대한 내 목표도 명확히 정리할 수 있었다.

큰애는 3년 동안 아빠의 싸늘한 눈빛과 할아버지의 걱정 어린 잔소리 속에도 꿋꿋하게 연기 연습을 했고 동국대 연극과에 입학했다. 애 아빠는 그제서야 애가 소질이 약간 있나 보네 하며 축하도 뭣도 아닌 한마디를 던졌고, 3년 동안 설득에 지친 할아버지는 그래 유인촌인가, 연기자 하다가 문화부 장관을 한 사람도 있지, 하시며 위로 삼으셨다.

큰애는 학교에서 1년에 한 번 공연을 한다. 애 아빠도 할아버지도 큰애의 공연을 보고 싶어 하는데 큰애는 매번 완곡하게 다음에 오시라 설득한다. 하지만 나는 항상 프리패스이다. 왜 어른들 오시지 못하게 하느냐 물으니 1학년 때는 자기가 많이 안 나와서, 2학년 때는 내용이 뉴욕 할렘가의 마약 중독자, 에이즈 환자 등 빈민촌 얘기여서, 촛불 집회가 한창이던 3학년 때는 프랑스 혁명을 배경으로 한 연극이니 태극기 부대 성향인 어른들이 싫어하실 거라며 거부했다. 시어른들과 남편은 이렇게 생각할지도 모른다. 무대에 서는 내 아이가 왜 주인공을 맡지 않고 조금밖에 나오지 않는지, 고상한 셰익스피어 같은 작품을 하지 않고 왜 천박해 보이는 작품에 나오는지, 시민 혁명을 다루는 공연을 하며 좌파로 몰드는 건 아닌지. 큰애는 어르신들이 무엇을 못 마땅해하는지 이미 잘 알고 있었다.

큰애의 답변에 난 괜히 우쭐해하며 물었다. "엄마는

왜 되는데?" "엄마? 엄마는 그냥 다 이해하잖아요." 어떤 지인이 이런 말을 했다. 만약 부모님이 친구라면 과연 내가 부모랑 같이 놀까? 지인의 답변은 간결했다. 당연히 안 놀 것이라고. 친구는 좋아야만 같이 놀 수 있으니까. 나는 내 아이들이 의무감에서가 아니라 내가 '친구로 좋아서' 나에게 말 걸어주길 바란다.

둘리

통쾌하네요. 자식을 키워본 사람들이 겪는 갈등에 저리도 멋지고 확실한 답을 던져주다니요. 앞으로 너의 선택 기준에 엄마는 빼라... 이 대목에서 저도 모르게 주먹이 꽉 쥐어지더라는... 친구들과 놀러가서 집에 일찍 오라는 부모님 말에 순종한 대신 현재의 아름다움과 즐거움을 잃어버렸다는 에피소드가 인상적입니다. 그리고 마지막 문장 굿굿굿.

바람

수년간의 싸움 끝에 드디어 원하는 길에 선 아들과 함께 호흡하기를 바라는 글이네요. 가부장적인 집안 분위기에 엄마로 균열을 내는 윤슬의 일탈도 느껴지구요. 다시는 생의 빛나는 한순간을 놓치고 싶어 하지 않는 결의도 느껴집니다.

그레텔

자식을 향한 부모의 지긋지긋한 이기심과 욕심. 정말 좀 더 많이 사람들이 꼭 이야기 해주어야만 할 내용입니다. 윤슬의 경험이 살아있는 글이라 훅 와 닿네요.

나드

아이 진로를 두고 엄마와 아빠의 다른 입장이 대비되어 긴장감이 있네요. 윤슬이 어린 시절 회상하면서, 아이한테 '너의 선택 기준에서 엄마를 빼라'고 말한 부분이 뭉클했어요. 자녀를 언제나 지지해주는 윤슬 같은 엄마는 영원한 아이들의 베프로 함께 할 거 같아요.

둘리

같은 아들을 두고 엄마는 이렇게 행복한데 아빠는 세상에서 젤 불행하고 흥흥

당신의 댓글을 기다립니다.

#당신이 생각하기에 꼭 필요한 부모의 자질은?

_____

_____

_____

_____

_____

_____

_____

_____

_____

_____

_____

_____

_____

_____

_____

_____

_____

_____

_____

_____

_____

 # 당신의 인생 책 세 권을 꼽으라면?

보리스 파스테르나크의 『닥터 지바고』
박경리의 『토지』
칼 세이건의 『코스모스』
평생 집적거린 책이 얼만데 단 세 권을 고르라니...

망한 성형, 성공한 보톡스

솔직히 말해 나는 보톡스가 좋다!

"언니, 내 눈 이제 좀 괜찮지?" 오랜만에 만난 언니는 고개를 젓는다. 남편은 가만히 있다가도 불쑥 한마디씩 던진다. "재수술해 달라고 해. 마누라라고 어디 무서워서…" 내가 봐도 무서운데 무를 수도 없고 한심하고 답답한 노릇이다. 어느 날부터 왼쪽 눈꺼풀에 자주 다래끼가 나고 오른 눈에서는 아무 때나 눈물이 흘렀다. 고민을 듣던 지인이 눈꺼풀이 심하게 처졌기 때문이라 했다. 우선은 불편하니 고쳐야 했지만 크고 시원한 눈은 생각만으로도 생기발랄 가슴 뛰는 일이었다. 뚝딱 수술하고 와서 젊어지고 예뻐진 사람들을 속으로는 부러워하면서도 겉으로는 그까짓 것 했는데 핑계가 생긴 것이다. 압구정역 부근에서 살아남은 성형외과는 다 실력 있다며 여럿이 추천해준 데로 정했다. 상담받은 후 수술하기까지 1주일 동안 마음이 열두 번은 왔다 갔다

했다. 온갖 걱정이 다 됐고 엄마가 내년은 나가는 삼재니 조심하라고까지 했던 말이 거슬렸지만 음력으로는 아직 해가 안 넘어갔으니 괜찮을 거라며 성형외과 문을 밀고 들어섰다. 내 눈이 돌아올 수 없는 강을 건넌 2016년 1월의 일이었다.

지금까지도 바뀐 인상을 아쉬워하는 사람들이 많다. 처음 6개월은 자리 잡는 기간이라며 봐주는 듯 했다. 친한 사람들은 강남까지 갔다니까 할 말은 없지만 거긴 확실히 돌팔이라 했고 친하지 않은 사람들은 애써 모르는 척 했다. 옆에서 수술을 부추겼던 남편은 안경점으로 가자더니 테가 굵은 안경을 추천했다. 사람들을 자꾸 피하고 만나도 눈을 안 마주치게 되었다. 아주 필요한 일이 아니면 오랜만에 만나는 사람은 극히 꺼리는 게 1년 넘게 지속되었다. 오랜만에 만난 사람이 나를 알아보면 내심 안도가 될 지경이었다. 다래끼가 안 나고 눈물도 거의 안 나니 아주 망한 수술은 아니라며 억지 위로를 해도 거울을 볼 때마다 마음이 무너졌다.

아는 형님이 친구 만나는데 가자고 해서 따라갔다.

/모그

멀리 아는 육십 대 후반인 농장 형님은 머리는 천상 라면발이고 일거리에 치여 손은 거친데 얼굴은 예전에 비해 유난히 팽팽했다. 얼핏 봐도 귀 앞쪽으로 얼굴 윤곽에 붉고 가느다란 흉터가 길게 나 있었다. 왜 그러냐고 묻는 찰나 형님이 옆구리를 찔렀다. 나중에 들으니 이렇다. "미쳤어, 얼굴 당기는 수술을 겁도 없이 야매로 했대. 아무리 야매라도 그렇지 귀 뒤로 해서 감쪽같아야 하는데 저렇게 앞으로 했으니 사람들이 다 알지." 하지만 나는 그 무심한 용기가 진심 부러웠다.

근 1년 만에 만난 칠십이 넘은 양반이 너무 예뻐져서 깜짝 놀랐다. 얼굴은 조막만 해지고 눈엔 쌍꺼풀, 코도 오뚝, 피부는 적당히 팽팽했다. 평생 건달처럼 일도 안 하는 데다 읍내 다방 들락거리고 주사도 있는 영감님한테 꼼짝 못 하는 건 기본, 드센 시어머니한테까지 시달리니 내 인생 이게 뭔가 만사가 허무해졌다고. 그 길로 달려가 쌍꺼풀 수술을 했는데 그게 잘 되니 재미가 붙어 코까지 올렸다고 했다. 이제 백 살이 다 된 시어머니한테 말대꾸도 하고 더러 영감님도 이겨 먹는다고 했다. 통쾌했다. 모두 형님의 용기를 응원했다. 아무도 '그

나이에' 하지 않았다. 무작정 내달려 도시의 아무 성형외과 문이나 열고 들어가 변신을 감행한 형님은 또 얼마나 우월한가.

감쪽같이 수술하고 잠깐 잠수 타다 어딘지 모르게 예뻐졌다는 소리를 들으며 짠하고 나타나고 싶었다. 남들은 야매도 마다않고 별 고민 없이 눈에 띄는 간판 따라 들어갔는데도 아무 탈 없건만 나는 이게 뭔가. 꿩 먹고 알 먹고 싶었던 나의 소망은 무너졌다. 담당 의사도 재수술을 권했지만 사양했다. 친정엄마는 노골적으로 싫어하셨다. "웬만히 낳아 논 거 같은디 참 돈지랄이다, 돈지랄이어. 그게 뭐여, 쯧쯧." 의사 탓, 살성 나쁜 탓하고 엄마 말씀대로 삼재까지 들먹여도 버스는 이미 지나갔다. 첨엔 조심하며 애써 화제에 올리지 않던 이들도 "강남에서 했다며? 근데도 별수 없네"라고 깔깔대기도 한다. 이제 내 눈은 아무렇지도 않게 가십거리가 되기도 하니 좀 봐줄만 해졌다는 뜻인가, 포기했다는 뜻인가.

재수술을 사양하자 몇 번 공짜 보톡스를 놔주겠다

/ 모그

고 했다. 본전 생각도 나고 이미 버린 얼굴 더 버릴 것
도 없다 싶었는데 보톡스를 맞고 나니 잔주름이 많던
얼굴이 다리미로 펴 놓은 것 같았다. 후배가 늘 귀에 대
고 속삭였던 일이 일어난 것이다. "언니, 5만원이면 거
의 4-5개월 주름 없이 살아, 진짜 아프지도 않다니까."
"설마, 뭐 하러. 늙으면 주름 생기는 게 당연하지." 그러
던 내가 그 세계에 슬그머니 미끄러져 들어갔다. 제 발
로는 걸어 나오지 못할 세계로. 작년에 오랜만에 만난
옆 동네 젊은 이장이 눈치 없이 물었다 "뭐 했슈? 얼굴
이 좀 팽팽해진 것 같아요." "참내, 하긴 뭘 해요. 물 많
이 마셔서 그런가 보네." 뻔한 거짓말을 하고 돌아서서
쿡쿡 웃었다. 믿거나 말거나지.

내 얼굴에 현대문명의 이기가 지나가고 난 후, 자연
산(?)인 척하는 사람들을 잘 안 믿게 되었다. "여전하시
네요" 하는 사람들한테 나 역시 슬쩍 그런 척하니까. 눈
은 표가 많이 나니 하는 수 없어 치료였다고 하지만 피
부는 시치미를 뚝 뗀다. 뉴스에 나오는 저이들은 그 나
이에도 어찌 저리 주름이 없냐고 감탄하던 '진짜 뭘 몰
라도 너무 모르는' 그런 내가 더 이상 아니다. 웬만히

친한 사람도 슬쩍 가서 주사 맞고 와서 시치미 뚝 떼는
건 공공연한 비밀이니까.

　칠십이 넘어서도 표시를 팍팍 내며 번들번들 팽팽한
피부는 여전히 싫다. 과한 것은 경박하다. 이미 링클 프
리 맛을 봤으니 아주 끊을 수는 없을 것 같고 드문드
문, 천천히 주름질 자유를 누릴 예정이다. 누가 그랬던
가. 타고난 미인은 인정하면서 왜 성형미인은 안되냐고.
나는 호박에 줄을 잘 못 그어 수박은 못 됐지만, 그 말
에 한 표 던진다. 거울을 보며 점차 원판 주름으로 회
귀하는 내 얼굴에 언제쯤 요술을 부리게 할까, 때를 고
민 중이다. 의술과 자본이 만나 부활한 청춘의 여신 헤
베의 꼬드김은 달콤하고 집요하다. 주름이 줄어드니
자신감이 늘어났다는 사람들이 많다. 위험하지 않고 비
싸지도 않다면 굳이 마다할 일도, 비난받을 일도 아니
지 않은가.

/모그

그레텔

몇 달전 거울 속 아줌마를 보고 깜짝 놀랐었어요. ㅜㅜ 서서히가 아니라 순간적으로 알아차리게 되는 나이 든 모습. 지금까지는 남 얘기다 그랬는데 제 맘도 변할까요? ㅋㅋ

바람

늙어감, 나이 들어감을 이렇게 풀어내시니 모그의 이야기 보따리가 얼마나 풍성한지요. 맞습니다. 비난받을 일 아닙니다. ^^

유자

솔직한 자기 욕구를 드러낸 모그의 글 좋아요. 그리고 눈 안 이상하셔요. ^^

나드

솔직해서 통쾌합니다. 노화의 흔적을 지우고픈 욕구, 더디게 나이 들고 싶은 마음은 누구에게나 있는 거니까요. 그러면서도 아무도 모르게 예뻐지고 싶은 마음도 숨어 있죠. 모그의 솔직함과 열정이 글도 삶도 젊어보이게 만드는 힘이라고 여겨집니다.

바우새

이장의 말에 "하긴 뭘 해요? 물을 많이 마셔서 그런가" 라고 답하며 뒤돌아 쿡쿡 웃는 모그의 모습에 웃음이 터졌네요. ㅎㅎㅎ 모그의 발랄함이 참 잘 드러난 것 같아요. 주름질 자유에 대해 생각할 점도 있고요.

비아

"웬만히 낳아 놓은 거 같은디 참 돈지랄이다" 귀에 착착 감기는 맛깔나는 모그표 표현에 중독돼요. 모그 글을 보면 발랄, 엉뚱, 귀여운 여인이 떠올라 기분이 유쾌해져요.

감귤

최근에 읽은 글 중에 가장 유쾌하고 통쾌한 글이었어요. 세상이 강요하는 바를 적극적으로 거부하고 그 속에서 내가 받아들일 수 있는 것을 취하면서 동시에 의문을 던지는 글. 모그 최고.

은유

"속이 중요하지 그까짓 겉이 뭐가 중요하냐" 던 필자가 불속으로 뛰어들어 변신하는 과정이 재미나게 그려집니다. 남의 외모에 대한 수근거림이 효과음처럼 흘러나오고 거기에 초연하다가 휩쓸리다가 흔들리는 모습도 인간적이고요. "타고난 미인은 인정하면서 왜 성형 미인은 안 되냐"는 유시민의 말을 인정하는데 왜 한 표를 던지는지 모그의 논증이 없어서 아쉽고요. 그 부분에 대한 해석이 나오면 필자의 미의식이 정리될 거 같습니다. "의술과 자본이 만나 부활한 청춘의 여신 헤베의 꼬드김은 달콤하고 집요하다." "주름이 줄고 자신감이 늘고" 등 통통 튀는 표현이 좋고요. 주제의식과 글맛이 잘 살아난 글입니다. (눈 성형하신 줄 몰랐어요 ^^ 안 부자연스러워요)

당신의 댓글을 기다립니다

#당신만의 길티 플레져(guilty pleasure)가 있다면?

_____

_____

_____

_____

_____

_____

_____

_____

_____

_____

_____

_____

_____

_____

_____

_____

_____

_____

_____

_____

뉴노멀에 정원사가 할 일은

목장의 눈물겨운 여름이 지나고 있다. 어김없이 날아 든 유대(목장 원유를 우유 회사에 납유한 대금) 통지서에 마음 이 울컥한다. 해마다 이맘때면 겪는 울컥함인데 올해는 정도가 더해 맘이 숙연해진다. 더위에 약한 소들과 사 람들이 어떻게 견뎌내고 얻은 결실인가. 가벼워진 통장 이지만 먹고 사는 것이 얼마나 많은 일을 견뎌야 하는 지를 가슴에 안으며 또 생활할 힘을 얻었음에 감사한 다. 말복이 지나니 하늘은 멀어지고 파란 하늘에 흰 구 름이 뭉실하니 모습은 영락없이 가을하늘이다. 아침저 녁으로 제법 선선하나 한 달 넘게 비 한 방울 구경 못 한 대지는 타들어가고 우리 속은 더 타들어 간다. 하늘 이 원망스러운데 한 술 더 떠 올 겨울 대단한 한파를 예 고하는 목소리들이 나온다. 연간 기온 격차가 60도(영 상 40도에서 영하 20도까지)에 육박할 거라는 전문가의 애기를 들으니 못해 먹겠다는 생각이 든다. 몇 년째 날씨는 우리의 생업을 휘두르는 무서운 존재가 되었다. 정말 겁나는 것은 이 폭염이 새로운 일상 즉 뉴노멀이 될 거라는 데 있다. 뉴노멀이란 시대가 변하고 상황이 변하면 새로운 표준이 생긴다는 말이다.

정원사가 어느 날 연못을 바라보니 수면 위에 수련 잎이 하나 떠 있었다. 다음 날은 두 개, 그 다음 날은 네 개로 매일 전 날보다 두 배로 불어나 100일째 되는 날 연못은 수련 잎으로 가득 찬다. 수련 잎이 연못의 반을 채우는 데는 얼마나 걸릴까. 답은 99일이다. 수련 잎이 무섭게 증가하는 것을 알게 된 정원사는 연못을 두 배로 넓히는 공사를 한다. 두 배로 넓어진 연못이 수련 잎으로 다 차는 데는 101일이 걸린다. 겨우 하루만 늘어났을 뿐이다. 이를 '정원사의 수수께끼'라고 부른다. 정원사의 수수께끼는 가열되는 냄비 속의 개구리 이야기처럼 위기 대처 방식을 이르는데 환경문제, 지구온난화 등의 위기를 인식하고 해결하는 데 인용되곤 한다. 한국일보 주필을 지내고 지금도 활발히 다양한 주제로 칼럼을 쓰고 있는 김수종 선생의 책『0.6°』에 나오는 얘기다.

2003년에 발간 된 이 책의 제목은 20세기 100년 동안 지구 평균온도가 0.6°C 올랐다는 데서 따온 것이다. 처음 책을 읽었을 때 과학적 사실과 인문학적인 요소가 두루 가미된 매우 훌륭한 글이라는 감탄은 했지만 솔직히 내 일로 받아들였던 것은 아니다. 책 내용을 그대로 받아들인다는 것은 불행하고 불편한 일이었으나, 불과 10여 년 만에 발등의 불로 떨어져 개개인의 삶을 위협할 줄은 정말 몰랐던 일이다. 이미 15년이나 지난 책은 지금 읽어도 현재 상황에 어긋남이 없다는 것이 신기하다. 특히 2015년 국무회의에서 장마가 사라졌다는 가상의 시나리오를 접하면 그 예측의 탁월함에 무릎을 치게 된다.

정원사는 문제해결의 본질을 외면한 채 미봉책으로 시간을 벌려고 하는 우리들 자신으로 보인다. 막연히 과학이 모든 걸 해결해 줄 거라고 기대하며 편리함에 취한 이 시대가 맞이한 올여름은 너무나 충격적이었다. 폭염을 당해 모두의 관심은 온통 어디로 쏠려있던 것일까. 더운데 에어컨도 맘대로 못 켜는 건 누진세 때문이라고 온통 가정용 전기 누진제에 쏠려 있었다. 가축이

나 농작물 피해 등은 걱정스럽고 밥상물가 상승에 대한 우려로 나아가지만 본질적인 논의로 이어지진 못했다. 취약계층의 여름나기나 자영업자들의 소득저하에 그 초점이 맞춰진다. 다 매우 중요한 이야기다. 단, 이렇게 단편적으로 폭염 문제에 접근하면 더위가 사라질 때 문제의식도 함께 사라진다는 것이다.

우리같이 평생 소 키우며 살아온 사람들은 기후변화 폭이 극심해지는 환경에서 어떻게 낙농업을 해나갈 수 있을까. 낙농업이 식량 산업이기보다는 낙농가들의 호구지책으로만 여기는 소비자들의 인식을 어떻게 헤쳐 나갈 수 있을까. 무엇보다 우리는 지치지 않고 씩씩하게 미래를 꿈꾸며 앞으로 나갈 수 있을 것인가. 이 모든 물음들이 절실하다. 가공할 폭염은 환경의 위기에서 온 것이며 환경의 위기는 농축산업의 위기이자 전 인류의 위기라는 공감대는 미약하고 이를 타개하기 위한 행동으로 옮겨가기에는 더구나 아득해 보인다.

본격적으로 축산의 앞날을 이야기해야 할 때가 왔다고 생각한다. 새로운 사양표준 마련이나 에너지 절약형

사양방식도 중요한 과제다. 이 난폭한 기후를 살아내야 하는 일이 축산인들에게만 절실한 일일까. 이미 목초농사는 폐농의 길로 접어들었다. 농사비용도 못 건진 형편없는 사일리지(옥수수 열매와 잎, 줄기 전체를 잘라 가축의 담금 먹이로 저장하는 일)를 끝낸 건 그나마 다행이라고 해야 할까. 여기저기 채 익지도 못하고 고사된 옥수수가 폐허처럼 서걱거리고 빈 밭은 후작 파종은 엄두도 못내고 텅 빈 채 그대로다. 작년에는 봄 가뭄 때문에 연맥을 버렸는데 올해는 옥수수 농사가 망가졌다. 내년 소먹이에 비상이 걸렸으니 생산비 증가가 불 보듯 뻔하다. 폭염과 가뭄은 농작물의 작부체계를 바꾸고 이는 가축 사육환경에 큰 변화를 가져온다는 것을 의미한다. 바로 우리의 식량이 위협받는다는 것을, 언제까지나 지금처럼 싼 음식을 먹을 수 없다는 것을 반복적으로 무게 있게 이야기할 때다. 생산자, 소비자 간의 피아 구분이 없는 총체적인 문제임을 인식해야 한다. 그래야 단기적으로 상황이 좋아져도 맘을 놓지 않게 된다.

8월 4일자 영국의 이코노미스트지(The Economist)는 '세계는 기후변화와의 전쟁에서 패배하고 있다. 지금 같은 폭염이 '뉴노멀'이 될 수 있다'고 경고했다. 환경이 변하면 인간의 행동도 변해야 한다는 것은 상식이다. 우리는 수련의 번식을 막기보다는 연못을 무작정 늘릴 수 있는 것처럼 생산도 소비도 에너지 집약적 방식에 의존해 왔다. 이제 그럴 수 없다는 것을 혹독하게 공부하고 있다. 볼테르는 '인간은 논쟁하고 자연은 행동한다'고 했다. 역시 김수종 선생의 같은 책에서 건져낸 명문장이다. 헛된 논쟁에 시간을 쓰기에 시간이 너무 없다. 자연은 절대로 자비하지 않고 받은 대로 반응하는 무자비한 절대자라는 쓰라린 교훈 속에서 미래는 불안하다. 200ml 우유 한 팩을 거뜬히 먹고 있는 20개월 손자 녀석의 터질 듯한 분홍빛 볼과 초롱초롱한 검은 눈망울을 바라보며 이 녀석이 맞닥뜨려야 할 세상은 어떤 모습일지 미안한 맘이 든다. 중형 태풍 솔릭이 한반도를 관통한다고 매스컴이 들썩하다. 비를 몹시 기대하면서도 겁이 난다. 이래저래 심란한 요즘이다.

*2018년 축산신문에 기고한 글

유자

인간은 논쟁하고 자연은 행동한다. 이 구절이 마음에 확 다가오네
요. 잘 읽었습니다.

바우새

모그! 잘 지내요? 글 좋은 거 보니까 잘 지내는 것 같기도 ㅎㅎ. 저는
평소에 정치에 관해 회의적인 태도를 가지고 있는데요. 이 글처럼 깊
이 생각하게 만드는 글을 읽으니 정치의 필요성을 느끼게 되네요. 오
늘 오후 나른하고 지루했는데 마침 좋은 글 읽게 되어 감사합니다.

모그

ㅎㅎ 좋은 글이긴 한가 보네요. 바우새를 여기에 불러냈으니.
친구들! 글 잘 읽어주어 고마워요.

바람

세상은 정말 촘촘하게 얽혀 있고 연결되어 있는 거군요.
잘 읽었습니다.

그레텔

뉴노멀. 의미심장한 새로운 키워드, 배워가네요.

둘리

20년 전만 해도 기후문제, 환경 문제가 화두에 오르면 까마득한 먼
일로 여겼는데 지금은 피부에 와 닿는 문제가 되었네요. 도시의 편

의 속에 살아온 저는 '몇 년째 날씨는 우리의 생업을 휘두르는 무서운 존재가 되었다' 이 구절에 멈칫하게 되네요. 인간의 논쟁 속도보다 자연의 행동 속도는 빠르고 예측 불가하니 다양한 사회적 논의가 확산되어 해결책이 모아지길 바랄 뿐입니다. 글의 제목도 잘 정하신 거 같아요.

당신의 댓글을 기다립니다.

#당신이 예측하는 또 다른 뉴노멀이 있다면?

바람

\# 당신에게 읽고 쓴다는 행위란 어떤 의미?

새로운 세상을 만나며
내 세계를 무너뜨리는 일

서러운 짐이 살아가는 힘

'야릇' 허은실의 시에 기댄 오후

누군가 나를 뒤집어쓰고 있어

병을 불러 아픈 날
곁에 누워 얼굴을 쓰다듬는 계집아이
돌아보면 할머니가 꽃을 안고 웃고 있다

초등학교 5학년이던 막내 동생의 가을 소풍날이었
다. 엄마는 암 투병 끝에 돌아가시고 아버지는 김밥을
말 줄 모르셨다. 고등학생이었던 나는 생전 말아보지
못한 김밥을 싸겠다며 허둥지둥 엉성한 김밥을 만들어
동생에게 들려 보냈다. 요즘은 집 밖만 나가면 편의점
에서도 김밥을 살 수 있고 배달 주문도 쉽게 할 수 있
다. 40여 년 전에 김밥은 집에서 만든 '수제' 아니면 먹
을 수 없었고 돈이 있어도 살 수 없었다. 엄마의 노동이

사라진 후 음식 만들기를 배워나가며 엄마의 부재가 느껴질 때마다 몰려들던 설움이 지금도 알싸하다.

30여 년 전 어느 날 아침. 힘들다고 생각하지도 않았는데 아침에 일어나며 스르륵 눈물이 흘러내렸다. 그때 '잠깐' 서러웠을까? 여동생의 정신분열증 확진 후 병원에 입원시키고 난 다음 날이었다. 큰 여동생은 지금 생각하면 가장 예민한 때인 10대 중반에 엄마가 돌아가셔서 내성적인 성격에 가장 많이 충격을 받았다. 언제부턴가 동생은 이상한 말을 하기 시작했고, 눈빛은 초점이 흐려져 갔다.

등본은 발급되지 않고
번지수가 없어
오늘도 짐 풀지 못한 채
마루 끝에 앉아 있다.

대학 졸업식 전, 신부전증 투병 끝에 아버지마저 돌아가셨다. 부모님의 오랜 투병으로 방 두 칸짜리 전셋집이 유일한 유산이었다. 나는 바로 취업 준비로 정신이 없었다. 당장 나와 두 동생의 밥벌이를 해야 했다. 친구들이 외국 유학 가서 어렵게 자취한다는 말도 나에겐 배부른 소리로 들렸다. 그들은 자기 생활만 책임지면 되지만, 나에게는 마음이 건강하지 못한 동생과 막 중학교를 졸업한 막내가 있었다. 서럽다는 것도 오래 못 느낄 만큼 다급한 시절이었다. 그동안 동생은 혼자만의 외로운 성을 쌓고 있었다. 나 혼자 버텨내기도 힘들어 동생을 돌볼 여유가 없었다. 큰 동생은 그렇게 다시 방치되었다.

어둔 창에서 나를 바라보고 있는

나를 닮은 이 있네

볕 좋은 어느 봄날, 과천 정부기관에서 일하는 외삼촌을 찾아갔었다. 막내 동생의 고등학교 등록금이 필요했다. 대학 졸업 전 아버지도 돌아가시고, 나도 아직 취업 전이어서 작은 아버지가 생활비를 대주시던 때였으니 동생 등록금까지 달라고 할 염치가 없었다. 외삼촌이 근무하는 빌딩 앞까지 약속도 없이 갔다. 길 건너 공중전화 부스가 눈에 띄었다. 전화 부스 안으로 들어가 수화기를 들었다. 차마 전화번호를 누르지 못했다. 그날 나는 결국 외삼촌에게 전화를 걸지 못했다. 전화 부스 유리벽 너머엔 봄 햇살이 눈부셨다. 수화기를 올렸다 내리며 주저하던 나, 공중전화 부스에 시름없이 부서지는 햇빛에 어룽거리던 내 작은 그림자가 기억의 서랍에 개켜져 있다.

어느 저녁엔

내 몸에 살림 차린 이들

밥물 끓는 소리

막 대학을 졸업한 스물네 살의 나는 중학생과 고등학생의 학부모였고, 정신질환을 앓는 동생의 보호자였다. 두 동생의 언니가 아닌 부모였다. 나한테 기대는 그 두 몸의 무게를 버겁게 느낄 사이도 없었다. 그저 매일 닥친 일들과 겨루었을 뿐. 동생은 입, 퇴원을 반복하며 병과 싸우고 나는 생활비, 병원비를 벌며 살아내야 했다. 바쁜 일상과 두 동생은 나를 힘들게도 했고, 또 나를 지탱하게도 했다. 작은 동생은 대학 졸업 후 결혼해서 독립하고 큰 동생은 병원에 입원해 있던 몇 달간만을 제외하면 지금까지 계속 나와 함께 살아왔다. 큰 동생은 30년 이상 조현병 환자로 약을 먹고 있다.

문득 나 또한 누군가의 몸에
세 든 것을 알았네

허은실 시인의 시 '야릇'을 읽으며 두 동생과 함께 한 지난날이 주마등처럼 흘렀다. 동생은 '내 몸에 살림 차린 이'였다. 시인의 시집 제목 『나는 잠깐 설웁다』처럼 나는 서러워도 오래 서러울 수 없었다. '잠깐' 서럽고 툭툭 떨쳐내고 닥쳐오는 일상을 살아냈어야 하는 날들이 뭉클하게 떠올랐다. 20대 중반인 내 딸을 보며 저렇게 빛나는 나이인데 내가 그 시절 그렇게 정신없이 살았구나, 나도 미처 다 자라지 못한 나이였는데 그토록 무거운 짐을 지고 살았었구나, 그 시절의 내가 '잠깐' 안쓰러웠다.

동생이 나의 평생 짐이라고만 생각했는데 어느 날 보니 내가 그 몸에 깃들어 살고 있기도 했다. 동생은 좀 나아지고 난 후 나의 직장 생활 내내, 지금까지도 빨래,

청소 담당으로 내 30년 직장 생활과 일상을 받쳐주었다. 풀타임 워킹 맘의 육아가 고되어 퇴직을 고려할 때도 동생을 생각하며 마음을 다잡았다. 내가 부양해야 하는 동생을 위해서라도 나만의 경제력을 유지해야 했다. 동생은 나를 살게 하는 힘, 33년 직장 생활의 동력이었고, 동생이 나에게 의지해서 살아온 만큼 나도 그들에게 기대어 살아온 것이다. 이렇듯 '나 또한 누군가의 몸에 세 들어' 살아온 것이라니. 정말 '야릇'한 일이다.

담화

이동 중 읽다가 울컥 했어요. 내 몸에 살림 차린 이들의 해석을 멋지게 해주셨네요. 바람의 이 글 정말 좋네요. 우리끼리만 보긴 아까워요.

나드

이 글 읽다가 저도 울컥했어요. 오빠의 노동에 의지하고 있는 제 모습도 떠오르고, 오빠의 모습도 그려지고, 또 조현병을 앓고 있는 한 친구도 생각났어요. 서러움을 온전히 느끼는 것도 사치였던 그 시절의 바람을 토닥여주고 싶습니다.

그레텔

가끔 학인들이 감당해 온 삶의 무게에 먹먹해집니다. 얼마의 시간이 지나야 자기 설움을 이렇게 바라볼 수 있게 되나요. 바람 글 덕분에 시인의 시가 함께 생생해집니다.

둘리

바람 덕분에 '야릇'이라는 시, 오래도록 기억할 것입니다. 누구나 삶에서 지고 가야 하는 십자가가 있는 법인데... 어느 날 보니 내가 그 몸에 깃들어 살고 있기도 했다는 바람의 성찰에 시원한 바람이 조금 열린 창틈으로 휙 불어오는 기분입니다.

유자

글이 마음속에서 울립니다. 전에 조현병 환자가 쓴 글을 엮어 만든

책을 읽었던 게 떠올랐어요. 많이 많이 애쓰셨어요. 그리고 좋은 글, 그 속에 담긴 통찰, 마음에 새깁니다.

은유

서러운 짐이 살아가는 힘. 제목이 딱 들어맞습니다. 운율도 있고 내용도 아우르고요. 이 짧은 글에 설움을 느낄 틈도 없는 설움이 덩어리로 만져져요. 적절한 정보와 심리 묘사, 해석까지 완벽합니다. 친척에게 의지하다가 성인이 되어서는 수험생의 학부모로 정신질환자의 보호자로 살아야 했던 것. "동생은 입, 퇴원을 반복하며 싸우고 나는 병원비 생활비를 벌며 살아내야만 했다." 한 개인에게 지워진 짐이 어떻게 살아가는 힘이 되는가. 이 부분에 대해서 마지막에 잘 정리했지만 조금 더 이야기를 풀어주세요. 짐이라고 느꼈지만 힘이 되었다는걸 언제 어떤 계기로 알게 됐는지 전환의 과정이 핵심이 되거든요. 등짐 지고 휘청휘청 살아가는 많은 이들에게 위안이 될 거예요.

당신의 댓글을 기다립니다.

#당신에게 가족은 어떤 의미입니까?

/바람

우리 모두 기생하며 살지 않는가

영화를 보고 난 뒤 여러 가지 질문들이 넘쳐났다. 그렇다면 〈기생충〉은 성공한 영화임에 틀림없다. 영화에 대한 극찬과 리뷰는 차고 넘치니 나만의 소박한 영화 감상을 정리해본다. 감독은 누구를 기생충으로 지목하고 싶었던 걸까? 기생충은 그 어감만큼 징그럽고 혐오스런 존재일까? 아니, 어쩌면 우리 모두 기생충으로 살고 있다는 것을 말하고 싶었던 걸까?

부서지는 햇빛 아래 박 사장(이선균 분)의 아들 다송(정현준 분)의 생일 축하 가든파티가 열리는 장면에서 드디어 올 것이 왔구나 싶었다. 잔혹한 살인극으로 전개되는 상황을 예감하고 자연스레 스카프로 눈을 가렸다. 비명이 들리는 걸 피할 순 없었다. 나는 칼로 사람을 찌르고 피가 튀는 잔인한 장면을 보지 못한다. 그로

테스크하고 기괴한 장면이 자아내는 긴장이 힘겹다. 아무리 유명한 감독의 평이 좋은 작품이라 해도 피하고 싶다. 역시 잔혹한 영화는 내게 어렵구나 생각한 순간, 감독이 하고 싶은 말이 뭘까 궁금했다.

부자는 가난한 사람에게 모욕감을 주고(사실 기택 역의 송강호가 일그러진 얼굴로 박 사장을 죽이는 표정 연기가 압권이라는데 나는 보지 못했다. 영화를 다시 본다 해도 그 장면을 볼 자신이 없다. 그러므로 기택의 축적된 모멸감이 폭발하는 부분을 잘 느낄 순 없었다), 약자는 더 약한 사람을 착취하게 만드는 자본주의 시스템에 대한 고발? 여러 가지 상징과 은유에 대한 정교한 해석? 등이 떠올랐다. 영화 〈기생충〉은 참 영리하게 만들었다는 감탄과 함께 여러 질문이 들러붙는 영화, 가슴이 먹먹한 감동보다는 불편한 질문들이 불쑥 고개를 내미는 영화였다.

영화를 보면서 의아했던 점에서 시작해보자. 처음에 기택(송강호 분) 가족은 취업을 못 하는 게 아니라 안 하는 사람들처럼 보였다. 건강해 보이는 성인 가족 넷이 아무 일도 안 하고 있다가 갑자기 피자 박스를 접는 일에 몰두하는 게 이상했다. 계층 상승의 욕구는커녕 자리 보전도 겨우 하는 것처럼 보이던 그들이 기우(최우식 분)의 가정교사 취업을 시작으로 타인을 속이며 탐욕스럽게 취업에 돌진한다.

기택 가족이 노동을 할 수 있는 의지와 능력이 있다는 사실은 이들이 아주 쉽게 가족 관계를 숨기고 박 사장(이선균 분) 집에 각자, 모두 취직이 되는 걸로 증명된다. 기우, 기정(박소담 분)의 취업까지는 타인에게 큰 피해를 주지 않는 선에서 기존 인력의 부재를 메우는 것이었다. 그러나 기택의 아내 충숙(장혜진 분)은 박 사장 집사인 은광(이정은 분)의 복숭아 알레르기를 이용해 그를 결핵 환자로 모함하여 쫓아내고 그 자리를 꿰찬다. 기택은 가짜 회사 명함까지 만들어 박 사장의 운전기사를 음해하여 몰아낸다. 이렇게 기택 가족은 모두 박 사장 집에 당당히 입성한다. 저렇게 타인을 모함하다 못해 남의 밥그릇을 걷어차야 하나? 그저 피자 박스만 잘 접기 바라던 사람들이 어쩌다 저렇게 그악하게 되었나, 혀를 차며 씁쓸해 하다 보니 그저 웃어넘길 수만은 없는, 서늘한 우리들 얘기였다. 서로 헐뜯고, 모함하고,

남의 것을 빼앗는...

봉준호 감독이 인터뷰에서 밝혔듯이 현실에서는 계층이 다른 사람들끼리 만날 일이 별로 없다. 부자들은 고급 승용차로 움직이고, 비행기도 일등석, 비즈니스 석으로 쾌적하게 이동하며, 고급 골프장, 프리미엄급 호텔을 이용한다. 부자들은 돈으로 안락하고 넓은 공간을 산다. 돈이 없는 사람들은 지하철로, 버스로 이동하면서 좁고 밀집된 공간에서 서로 부대끼며 싸울 일도, 혐오에 노출될 일도 더 많다. '없는 사람들'은 '더 없는 사람들'과 조금이라도 우위를 확보하기 위해 끊임없이 싸운다. 지하철의 임산부 좌석을 둘러싼, 소모적인 신경전을 보자. 지금은 임산부 석이 비어 있으니, 당장은 피곤한 내가 앉아도 된다는 빠른 계산, 만삭이 아닌 임산부가 앉아 있으면 배도 안 나왔는데 무슨 임산부냐며 쫓아내는 현실 등, 사람들은 지하철 좌석 하나에도 자신의 피로와 나이를 전시하며 싸운다.

영화 〈기생충〉이 반지하와 지하철의 냄새로 계급의 차이를 다뤘다고 언론은 전했다. 〈기생충〉은 계층의 위계를 매우 직설적인 이미지로 스크린 안에서 보여준다. 아래로 아래로 하강해야 겨우 닿을 수 있는 기택 집은 어찌해 볼 도리 없이 가난의 냄새에 잠긴 '반지하'다. 넓고 쾌적한 박 사장 저택은 근세(박명훈 분)의 어두운 지하 벙커 공간과 선명하게 대비되어 가난의 비루함과 부의 천박함을 동시에 드러낸다. 가난만큼 부잣집 행세도 적나라하게 비치는 민망함, 가난한 공간에서 배어 나오는 냄새와 부자들의 위선에서 비추어지는 삶의 쓸쓸함이 빈부격차와 계급 차이보다 먼저 눈에 들어왔다.

상류층을 위해서 일하는 사람들은 자기도 상류층 흉내를 낸다. 결코 상류층에 속할 수는 없지만 순간 향유는 가능하다. 은광은 자신이 부잣집 사모님이나 된 것처럼 우아한 자태로 기우, 기정에게 박 사장 저택을 구경시킨다. 기정은 재미교포인 척 부잣집 사모님(조여정 분)을 압도하고, 우아해 보이는 집사 은광의 시선도 단박에 제압한다. 기택네는 박 사장 가족이 캠핑 간 사이 박 사장 집을 자기 집처럼 향유한다. 그들이 질펀하게 양주 파티를 벌이는 향유의 시간은 위태롭고 서글프다. 박 사장 가족이 돌아온다는 전화 한 통에 기택 가족들은 바퀴벌레 도망치듯 박 사장 저택에서 빠져나온다. 비현실적으로 보이던 향유의 시간이 재빠르게 초라한 현실로 재편된다.

　나에게 영화 〈기생충〉은 하강과 상승의 움직임으로 이루어지는 공간에 대한 영화이며 그 공간에 스미는 불안에 관한 영화다. 빗물도 스며들고, 냄새도 공기를 타고 스며든다. 적막할 만치 넓은 박 사장 집과 정원, 좁고 누추한 기택 가족의 반지하, 그리고 빛 하나 들지 않아 눅눅한 냄새에 잠겨 있는 은광 남편의 지하 벙커. 이렇게 수직적으로 분리된 공간 안 사람들이 만나면서 시선과 냄새와 숨결이 드나든다. 박 사장 집에서 반지하 기택의 집까지 기택 가족이 아래로, 아래로 하염없이 내려가는 장면은 이 영화의 압권이다. 빗물도 흐르고, 사람도 흘러 내려간다. 그 아래 막바지, 더 이상 내려갈 수 없는 곳에 기택네 반지하가 있다. 기정이 깔고 앉은 변기의 시커먼 물은 더 이상 내려갈 곳을 찾지 못해 위로 뿜어 오른다. 박 사장 앞에서 아래로 내리깔리기만 하던 기택의 모멸감도 더 이상 내려갈 곳을 찾지 못하고 살의로 솟구쳐 오른다. 작열하는 햇빛 아래 가난의 냄새와 위장된 행복의 절정이 생일 파티에서 맞부딪치며 영화는 비극으로 치닫는다.

또 영화 〈기생충〉은 모호하게 섞인다. 지하철 냄새, 반지하 냄새도 뒤섞여 누구의 냄새인지 모호하고, 박 사장에 들러붙어 사는 기택네가 기생충인지, 기택 가족의 노동에 의존하는 박 사장 가족이 기생충인지 헷갈리는데, 영화는 한 번 더 관객들을 향해 강타를 날린다. 은광의 남편, 근세가 박 사장 집 지하 비밀 벙커에 몇 년째 살고 있었던 것. 나는 있는 사람들, 없는 사람들, 더 없는 사람들 중에 누가 기생충인지, 그 구별이 모호해지는 지점들이 좋았다. 빛과 어둠의 세계처럼 선명하게 드러나는 부자, 가난한 자의 이분법적 세계는 어쩐지 민망하지 않은가. 누가 누구에게 완벽히 기생만 하는 관계는 없으므로 서로 조금씩 기생하며 또 기생 당하며 얽혀 사는 게 아닐까.

'없는 사람들'끼리 서로를 몰아내며 자기들 살 곳을 확보하는 막장이 여기까지인 줄 알았는데 그 아래 '더 없는 사람'이 또 있다는 사실이야말로 이 영화의 최대

반전이다. 이 부분이 놀라운 것은 우리가 살면서 그 아래가 또 있음을 발견하기 때문이다. 여기가 가장 밑바닥인가 싶을 때, 툭 떨어지며 밀려 내려갈 아래가 또 있음을 알게 될 때의 막막함. 그럼에도 그저 살아내는 것만이 할 수 있는 전부인 아득함. 생의 그 돌연하고도 지독한 슬픔을 우리 모두 알고 있지 않는가.

담화

영화 <기생충>을 두 번이나 봤는데 바람 글을 보면서 <기생충>을 더 잘 이해하게 됐어요. 내가 아는 것을 남들에게 알려주는 글을 쓰는 것, 그 어려운 것을 바람이 해냈네요.

바람

더 잘 이해할 수 있었다니 제가 더 고맙습니다.

그레텔

저는 영화를 본 후 충분히 생각해보지 않고서 기생충이란 호칭이 어떤 그룹의 사람들을 겨냥하는가 쉽게 단정해 버렸는데요. 서로가 서로에게 의지 혹은 기생한다는 의미에서 기생충이라 불릴 대상이 모호해진다는 시선에 공감하게 됩니다. '가난만큼 부잣집 행세도 적나라하게 비치는 민망함'이라는 말에 고개를 끄덕입니다. 더 없을 거 같았던 아래를 발견하는 생의 지독한 슬픔, 그 아득함에서 조금 비껴났다고 함부로 안도해도 되는가, 묻게 되고요. 지금 난 이 사회 구조 지층의 어디쯤 끼어 누구에게 기생하고 있나 묻게도 됩니다. 질문하게 만드는 좋은 글 잘 읽었습니다.

둘리

영화 <기생충>은 하강과 상승의 움직임으로 이루어지는 공간에 대한 영화라는 문장에 동감합니다. 빛 하나 들지 않은 지하 벙커에서도 삶이 계속되었듯이 그저 살아내야 하는 것... 정말 아득하고 지독한 슬픔이네요. 저도 그 슬픔을 무사히 완주해야 할 텐데.

바람

슬픔을, 슬픔과 함께, 슬프게 완주해보아요… 둘리의 따뜻한 공감, 고맙습니다.

모그

나는 부자들이 제 발 아래 어떤 세상이 있는지 죽어도 알아차리지 못하는 모래성 사람들이구나, 하는 생각을 했었어요. 영화를 잘 모르는 내가 그 구성과 반전에 거듭거듭 놀라며… 제 아버지를 찾기 위해 결국 부자가 되어야만 하는 아들… 맘이 복잡했는데 그 지점을 바람이 짚어준 것 같기도 하고. 다시 더 봐야겠어요. 피로와 나이를 전시하며 싸운다. 묘사가 놀랍네요.

바람

모그가 느끼면 그게 영화 감상이죠. 저도 잘 몰라요. 그래서 내 정리 겸… 저도 두 번 봤어요. 글 고치며 다시 봐야겠다는 생각이 들더라고요. 모그의 복잡한 마음 공감합니다. 그게 <기생충> 영화의 힘인 듯해요.

나드

영화 <기생충>은 "영화를 보고 오만가지 생각이 들었으면 좋겠다"고 이야기 하던 감독의 의도가 잘 실현된 작품인 거 같아요. 저도 영화를 보고 우리 모두 기생충일 수밖에 없는 현실을 돌아보게 되었습니다. 상승과 하강, 냄새와 선, 여러 상징들이 질문 거리를 계속 던져주더라구요. 바람의 시선으로 기생충을 되새기는 재미가 있네요. 스카프로 눈을 가리신 바람의 모습도 상상해봅니다.

당신의 댓글을 기다립니다.

#당신에게 위로가 되었던 책이나 영화가 있다면?

_____

_____

_____

_____

_____

_____

_____

_____

_____

_____

_____

_____

_____

_____

_____

_____

_____

_____

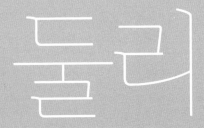

둘러

 # 당신이 꽤 괜찮은 사람이라고 느껴지는 순간은?

내 지인들에게 좋은 일이 생겼을 때
조금의 시샘 없이 내 일처럼 기뻐하는 나를 볼 때
'음 너 괜찮은 사람이야'라고 읊조린다.

고3이 아니라 열아홉이다

고3이지? 작년 따분할 정도로 들은 말이다. 딱히 물음이랄 것도 없다. 이미 내 아이가 고3인 것을 알면서 새삼 고3이라는 프레임으로 넌지시 던지는 말 속에 악의 없는 호기심, 동병상련의 염려, 입시 제도의 고단함 등을 에둘러 표현하고 있다는 걸 잘 알고 있으니까. 고3이지? 나는 번번이 다른 프레임으로 바꾸어 대답했다. 열아홉이야. 그 다음 자동적으로 나오는 말은 힘들겠다, 였다. 그들의 애정 어린 관심을 알면서도 나는 고집스레 또 프레임을 바꾼다. 아니, 아이와 함께 보내는 마지막 십 대잖아. 열아홉, 올해가 가는 게 너무 아까워. 고집스런 나의 대꾸를 저들은 입시에서 선전할 가망 없는 엄마의 항변쯤으로 들었을라나? 하지만 정말이지 나는 그랬다. 고3에서 열아홉으로 프레임을 바꾸니 다시 오지 않을 내 아이의 십 대, 귀한 음식 아끼는 심정으로 곁을 함께 했다. 아직은 밥해주고 깨워주는 엄마로 존재감을 맘껏 누리면서.

　스무 살. 내 경험으로 스물이 되는 것은 열여덟에서 열아홉이 되는 것과 물리적 시간의 길이로 등치될 수 없다. 책임, 가치관의 혼란, 관계 맺기의 어려움, 소소한 부당함에 이르기까지, 어쩌면 스물 이후 이런저런 세상살이를 겪어야 할 시간이 지레 안쓰러워 열아홉을 그토록 아꼈는지도 모른다. 아이 졸업식 날, 졸업 공연으로 환호하는 갓 스물의 아이들은 세상 밖으로 떠밀기에 너무 여려 보였지만 내 아이, 남의 아이 할 것 없이 모두 귀하게 보였다. 졸업식장을 빠져나오는데 휠체어를 탄 남학생이 보였다. 그의 엄마가 휠체어를 밀며 가득 메운 인파를 빠져나오고 있었다. 한눈에 힘겨운 투병 중인 걸 알았다. 때로 의도치 않게 배제된 외로움에 삶을 맞이하는 일이 누구나 있을 테지만 너무 이르게 찾아온 게 아닐까, 마음이 아팠다. 벌써 기숙 재수 생활을 한다고 졸업식에 오지 않은 학생들도 있다는데 어쩌면 힘겨웠을 졸업식, 왁자한 웃음과 박수 소리, 지난 3년 추억이 담긴 동영상을 지켜본 그 학생과 엄마에게선 작은 생채기쯤은 아무렇지도 않게 견뎌낼 단단함이 보였다.

　고3이야? 이 프레임에는 대학 진학이 최종 목표인 듯 이야기가 난무하지만 3등급 이내가 4년제 대학 진학권이라 생각하면 불과 22%에만 유의미한 말이다. 대학 진학을 목표로 두지 않고 각자의 영역에서 꿈을 탐색해가는 열아홉 살 내기들을 포함하면 고3이야? 이 말에서 대학 진학을 자동적으로 떠올리며 온 나라가 수능일에 들썩일 일은 아니어야 할 것이다. 아이 친구 중에도 요리사를 꿈꾸며 고등학교를 일찍이 자퇴한 아이가 있고, 집안 형편이 어려워 아예 대학 진학을 목표로 하지 않고 방과 후 아르바이트를 하면서 드러머의 꿈을 키워나가는 아이도 있다. 어른들 프레임으로는 그래도 고등학교는, 그래도 대학은, 이겠지만 의외로 아이들은 그들의 결정을 부러워한다. 자신이 정말 좋아하는 일을 찾았다는 이유만으로. 물론 학교 밖 청소년으로, 방과 후 아르바이트 청소년으로 나름의 고됨이 있겠지만, 길거리에서 종종 마주친 그들의 얼굴은 해맑다. 전화 통화를 하고 있다가도 나를 보면 서둘러 전화를 끊고 달려와 너무나 반갑게 인사를 한다.

졸업 시즌, 단톡방마다 자식들의 대학 입학 소식으로 우르르 축하 인사가 시끄러웠다. 나도 열심히 이방 저방에서 축하의 말을 전했다. 진심이었다. 나의 진심은 누군가 좋은 대학을 들어가서가 결코 아니었다. 수시 6군데, 정시 3군데. 이 과정의 입시가 얼마나 사람을 지치게 하는지 알기에 이 과정을 영원히 마감한 의미에서의 축하였다. 축하 메시지들 속에 내 카톡 소리 하나 더 보탰다. 우리 아이 재수 확정. 바로 달리는 댓글은 재수는 필수야. 쿨하다, 였다. 길에서 만난 학부모에게 재수 소식을 전하면 상대방이 지레 미안해했다. 재수를 하게 돼서 재수를 한다고 말했을 뿐인데 왜 쿨하다는 것인지, 왜 상대방이 지레 못 물어볼 것을 물어봤다는 미안한 표정인지. 재수생과 그 부모를 잠재적 루저로, 불쌍하게 보는 프레임은 아닌지 의아했다. 합격 턱 내라며 아우성치는 카톡 소리에 나는 맘속으로 톡 하나 더 보태었다. 프레임을 바꾸어서. 나도 밥 살게, 우리 아이 스무 살 축하 기념으로.

돌이켜보면 쉬운 고등학교 3년은 아니었다. 고비마다 불안이 몰려왔고, 아이를 서늘하게 다그쳤고, 홀로 술잔을 기울이기도 했다. 그래도 입시 준비 3년을 아이와 함께 건디어 단단함이 생겼다면 그건 아직 오지 않은 미래에 대한 두려움으로 현재를 불행에서 뒹구는 어리석음을 포기했기 때문이다. 입시 결과를 받아들고 아이는 아이대로, 부모는 부모대로 아픈 시간이었겠지만, 엄마 아빠는 살면서 이보다 더한 일들도 겪었으면서 뭘 그래? 아이 한 마디에 우리는 까르르 웃을 수 있었다. 그렇다. 아이는 성장하고 있었고 입시 말고도 돌부리에 걸려 넘어질 날들을 예감하고 있는지도 모른다.

맹렬하던 미세먼지가 걷히고 오랜만에 파란 하늘이다. 일주일 앓던 감기를 갈음하고 나가니 목련, 진달래, 벚꽃이 절정이다. 이렇게 봄이 가고, 여름, 가을 지나 겨울 초입에 서면 또다시 습관처럼 주목받는 수험생 엄마의 입지를 어떻게 굳혀야 할지. 어떻게 됐어? 친지부터 소소한 지인까지 염려로 전해오는 궁금증을 올해는 어떤 프레임으로 바꾸어 대답해야 할지 고민해 봐야겠다. 오랜만에 친구를 만난다기에 열심히 술 마시고 오라고 용돈까지 주었건만 멀쩡한 낯빛으로 밥만 먹고 들어온 아이를 보니 아직 스물, 맘 놓고 축하해주긴 좀 이르지 싶다.

모그

흠. 나이 먹는 게 정말 딱 하나 안 아쉬운 게 있다면 아이들 입시에서 놓여나는 일이었습니다. 그 펄펄하고 감수성 예민한 녀석들을 책상에 붙들어 놓는, 책상에 붙들린 시늉이라도 해야 하는 가여운 현실들. 나이 차서 아이들 방 얻어 떠나보낸 게 갑자기 많이 아쉬워져요.

바우새

우리는 서로 염려하는 것에 익숙한 거 같아요. 그 관심으로 서로를 돌보거나 모른 척 해주면 더 좋을 텐데. 저도 염려하는 프레임에서 자유로울 수 없어요. 누군가의 나이, 직업, 옷차림, 성별 등을 가지고 염려하곤 해요. 대학 합격보다 입시 과정을 마친 것을 축하하고, 고3이냐는 질문에 열아홉이라고 대답하는 둘리를 보면서 저의 염려를 돌아봐야겠어요.

비아

코 시큰거리면서 읽었어요. 자녀를 고3 수험생이 아닌 열아홉 인생을 건너는 한 인간으로 수용하는 엄마. 두고두고 읽을래요. 감사해요.

그레텔

글을 쓴다는 것 자체가 프레임을 바꾸어야 가능한 일인 거 같아요. 어느 순간에 어떤 프레임을 어떻게 바꾸어야 할지 알고 실행할 수 있다면... 좋은 생각거리 던져주셔서 감사합니다.

/둘리

감귤

생각이 많아집니다. 수업시간에도 느꼈지만 둘리는 인생의 중요한 시기들이 내는 빛을 놓치지 않으려는 것 같아요. 멋져요. 동시에 저도 재수를 했는데 고3과 재수 동안 엄마는 어떤 염려를 하셨을지. 지난 일이지만 마음이 영 복잡합니다. 스무 살 아드님은 세상 편 대신 자기 편이 되어주는 좋은 엄마를 두었네요. ㅎㅎ

나드

고3에서 열아홉으로 프레임 바꾸기. 쉽지 않지만 통쾌하죠. 둘리 같은 엄마가 많아지면 아이들 행복지수가 높아질 거예요. 제 삶에도 프레임을 바꾸어서 고정된 의미들을 다시 뒤집어 봐야겠습니다.

유자

글이 너무 좋았어요. 둘리는 참 좋은 부모이신 거 같아요.

은유

전체적으로 자기 경험과 통계자료를 갖고 논증해나가서 글에 힘이 있고 설득됩니다. 대학 들어간 축하가 아니라 "이 과정을 영원히 마감한 의미에서 축하한다" 이런 표현 좋고요. 아이의 행동으로 글을 마무리한 부분도 좋습니다. 한 가지, 어떻게 고3에서 열아홉으로 프레임을 바꾸게 되었는지 그 변화의 계기가 나오면 금상첨화겠습니다. 둘리는 자기 주장 글을 잘 쓰시네요. 표현을 좀 담백하고 덤덤하게 간결하게 하면 훨씬 세련된 글맛이 살아날 것 같습니다.

당신의 댓글을 기다립니다.

_____

_____

_____

_____

_____

_____

_____

_____

_____

_____

_____

_____

_____

_____

_____

_____

_____

_____

/둘리

가깝고도 먼

어스름 깔리고 아파트 불빛이 켜지기 시작하면 습관처럼 뒤 베란다 유리창을 내다본다. 6차선 도로 맞은편 아파트 3층. 아, 불이 켜져 있네. 오늘은 꺼져 있네. 저녁 시간 건너편 아파트 3층의 불빛으로 그 집의 기척을 가늠한다. 불이 켜져 있는 날은 안심하며 내 일상으로 돌아온다. 불이 꺼져 있으면 저녁 식사를 챙기다가도 다시 뒤 베란다로 슬그머니 나가본다. 불이 얼른 켜지기를 바라면서.

건너편 3층에 그녀가 산다. 우리 아이 초등학교 시절, 학부모 인연으로 만난 그녀다. 딱히 그녀 아이와 내 아이가 친하지 않아 인사만 나누는 사이였는데, 모임 연락 차 우연히 건 전화 한 통으로 나는 그녀가 수술을 마친 병실을 찾게 되었다. 예후가 좋지 않은 암이라 했다. 갑작스러운 병문안에 당황하지 않은 건 오히려 그녀였다. 전날 수술로 몸을 움직이기 힘든 데도 나의 방문을 반가워했고, 담담하게 수술 경과를 전했다. 병실에 동행한 지인은 이런 경험이 없는 터라 어색함에 어쩔 줄 몰라 했다. 걱정을 해야 하는지, 아니면 담담하게 굴어야 하는지. 서먹해 하는 옆 지인의 마음이 충분히 헤아려졌다. 병실을 나오면서, 그녀가 퇴원하면 꼭 내 손으로 밥 한 끼 지어 먹여야지 싶었다.

살면서 좀 이르다 싶게 친구들의 투병 소식을 들었다. 초등학교에 갓 입학한 딸을 두고 있던 절친은 암 수술을 마치고 회복실에서 내게 소식을 전했다. 지척에 살았건만 나는 그녀의 장례조차 모르고 지나쳤다. 수첩에 지인들 집 전화번호를 일일이 적어두고 연락하던, 휴대폰이 흔치 않은 시절이었다. 이미 외우고 있었기에 친구는 따로 내 집 전화번호를 수첩에 적어두지 않았고, 가족들은 경황없는 상황에서 내게 연락조차 하지 못했다. 젊은 나이 자존심 때문이었을까. 마지막 한 달 병실에 있으면서 어쩌면 말 한마디 전하지 않고 그리 떠났을까. 아픈 모습 쉬이 보이고 싶지 않은 마음 충분히 이해하건만, 나, 컨디션 좋을 때 연락할게. 그것이 마지막이었다. 친구의 여덟 살 딸은 엄마, 하늘나라에 갔다는 어른들 말에 그럼 크리스마스에 눈 내리면 오는 거야? 그렇게 말했다.

사십 대에 또 한 친구를 떠나보냈다. 대학 시절, 빈한한 자취 생활에 언제 굶을지 모른다며 바닥에 떨어진 김밥도 넉살 좋게 주워 먹던 그였다. 치료를 거부하고 대체의학으로 몸을 추스르고 있다는 소식에 선배와 함께 그를 찾았다. 가는 내내 고민했다. 어떤 표정으로 그를 마주해야 하는지, 어떤 말을 할 수 있을지, 무엇을 사가야 좋을지. 고민 끝에 결국 빈손이었다. 걱정과 달리 여전히 고집스럽고, 논쟁조의 말투를 들으니 하나도 안 변했네, 웃음부터 나왔다. 그가 아프다는 사실에도 오랜만에 만난 반가움은 과거 기억들을 부지런히 퍼 올렸다. 내가 기억하는 걸 그는 기억하지 못했고 그가 기억하는 걸 나는 잊고 있었다. 기억들의 퍼즐 맞추기 같은 만남이었다. 돌아가는 길 배웅하겠다며 골목까지 나온 그는 나와 선배를 꼭 안아주었다. 아무 말도 하지 않았다. 할 수 없었다. 잘 있어, 또 보자, 이런 말조차. 그도 우리도 알고 있었으니까. 이것이 이생에서 마지막 만남이 되리라는 걸.

그리고 친구 J. 한숨 쉬지 마. 환자한테 안 좋대. 나 공기 좋은 데서 요양하고 있으니 한번 와. 그것이 내가 들은 그녀의 마지막 음성이었다. 다음날부터 그녀 전화기는 꺼져 있었다. 내가 할 수 있는 것은 생각날 때마다 그녀에게 문자 메시지를 보내는 거였다. 몸 좀 괜찮으면 꼭 전화해 줘, 정말 보고 싶다구. 그녀는 끝내 전화하지 않았다. 장례식장에서 그녀가 일부러 전화를 꺼놓았다는 걸 알았다. 마음 약해진 자신을 지인들에게 보이고 싶지 않아서. 하지만 수시로 전원을 켜고 자신에게 들어온 지인들의 염려 문자에 너무나 좋아했다고. 나 걱정해주는 친구들 많지? 하면서.

어쩌면 친구들은 보고 싶은 마음을 애써 억눌렀는지도 모른다. 누군가 불쑥 찾아와 손 한번 잡아주길 바랐을지도. 하지만 친구들은 아픈 모습 그대로 친구를 맞이하길 거부했고 나 역시 그들 삶으로 들어가는 방법에 서툴렀다. 몸 좀 괜찮아지면, 이라는 말에 언제일지 모르는 괜찮은 틈을 시의적절하게 찾을 만큼 전화를 자주 하지 못했다. 간간이 잊고 산 이유도 있겠지만 두려움도 있었다. 혹시 더 안 좋아졌다는 소식을 들을까봐. 친구는 친구대로 서로 심란함만 더할까 염려했을지도 모르고, 나아지겠지 기대했을지도 모른다. 우리는 그렇게 막연함 속에 서로를 떠나보냈다. 아직도 모르겠다. 오지 말라는 친구의 말을 무시하고 불쑥 찾아갔어야 하는지, 아니면 가장 빛나던 시절 친구 모습만 간직한 채 남아 있어야 했는지. 친구들이 떠난 후 내 손으로 밥 한 끼 지어 먹일 수 있었으면 좋았으련만, 하는 미련이 번번이 남았다.

건너편 3층 그녀에게 내 손으로 밥 한 끼 지어 먹일 수 있어 좋았다. 밥 먹으러 오라는 나의 초대에 그녀는 광목천을 사다가 앞치마 하나 뚝딱 선물로 만들어 왔다. 연보랏빛 수실로 손수 박음질한 앞치마였다. 잇달은 세 번의 수술에도 항암제가 듣지 않아 치료가 무의미하다고 했지만 그녀는 죽기밖에 더하겠어요, 웃으며 면역 치료로 자기 몸을 돌본다고 했다. 그녀와 밥 한 끼 나누며 마주 앉은 시간, 살아있는 한 삶은 남들과 그다지 다르지 않은 이야기로 채워진다. 아이 걱정, 시댁 갈등... 한동안 요양병원에 있다 온 그녀가 전한다. 그곳 환우들이 자신은 모든 걸 내려놓았다고 말하지만 정작 아무것도 내려놓지 못하더라고. 그곳에서도 사람들 사이에 뒷담화, 시기, 자랑, 과시 등은 여전하더라고.

화창한 날이면 그녀에게 산책 한번 청하고, 스산한 날이면 감기 조심하라고 문자 보내는 것이 고작이지만 나는 매일 저녁 습관처럼 뒤 베란다에 서서 그녀의 집 불빛을 확인한다. 그녀의 집 거실에 켜지는 불빛은 내게 참 따스하다. 6차선 도로 건너 그녀의 집. 거실이 보일 만큼 가까운 거리지만, 육체적 고단함을 자식과 남편에게도 이야기하지 못하고 홀로 견뎌야 하는 그녀의 삶에 들어가기엔 꽤 먼 거리다. 가깝고도 먼. 하지만 이상하게도 가깝고도 먼 이 거리가 그다지 비극적이지 않다는 생각이 든다.

에필로그

그녀와 나는 길 하나 두고 살다가 비슷한 시기에 서로 이사하게 되었다. 인사차 이야기를 나누다가 그녀도 앞 베란다에서 내 집 뒤 베란다의 불빛을 올려다보곤 했다는 이야기를 들었다. 우리 아이가 재수를 할 시기였다고. 우리집 불이 꺼져 있으면 재수 뒷바라지하는 내 맘이 얼마나 심란할까, 생각했다고. 뭉클했다. 그저 집안 불이 켜 있고 꺼져 있고 단순한 일인데, 우리는 베란다에서 흘러나오는 불빛으로 서로를 염려하고 있었다.

유자

누군가에게 밥 한 끼 지어 먹이고픈 따뜻한 둘리의 마음이 전해져요. 잘 읽었습니다.

바우새

글의 제목과 주제가 잘 어울려요. 밥 한 번 직접 지어주고 싶은 마음을 둘리가 가지고 있기 때문에 가깝고도 먼 거리가 비극적인 게 아닌 것 같다는 생각이 들어요. 담담하게 글을 쓰는 둘리, 모락모락 김이 나는 밥을 짓는 둘리가 함께 떠올랐어요.

모그

밥을 지어 먹이고 싶어 하는 그 맘이 정말 둘리는 따뜻한 사람이겠다는 생각이 들게 해요. 같이 시 읽고 싶은 사람.

나드

둘리는 특별해요. 논리정연한 언변과 소설처럼 장면을 그려내는 문체. 두 가지가 어우러진 둘리표 글은 제게 늘 신선합니다. 이 글은 사람을 가깝게 만들기도 하고 또 어느 정도 이상 다가갈 수 없게 만드는 고통의 양면성을 생각해 볼 수 있어서 좋았습니다.

비아

떠나간 친구에게 밥 한 끼 지어 먹이지 못한 미련으로 뒤 베란다를 서성이는 둘리의 마음이 글을 읽은 후에도 오래도록 여운에 남아요. 소설처럼 읽히는 글, 매력 있어요.

당신의 댓글을 기다립니다.

#당신에게 잊지 못할 헤어짐이 있었다면?

_____

_____

_____

_____

_____

_____

_____

_____

_____

_____

_____

_____

_____

_____

_____

_____

_____

_____

_____

바우새

유년기 몇 년을 할아버지와 단 둘이 살았다.
어느 날 취기 어린 목소리로 할아버지에게
삶에 대해 불평을 늘어놓았다.
할아버지,
이런 삶을 어떻게 아흔 살까지 버티셨어요?
잠시 후 할아버지는 말했다.
술 한 잔 따르는 시간보다 삶이 빠르게 지나와서
입에 못 대보았다고.
그래서 삶이 단지 쓴지 아직 알지 못한다고.
삶에 투정을 부리고 싶을 때면
그 말을 하던 할아버지가 떠오른다.

생일

아시다시피 이 다리는 완공도 되지 않았습니다. 언제 무너질지 모른다며 십여 년 전부터 차량과 사람이 지날 수 없게 철조망만 쳐 놓았습니다. 저는 처음부터 이 다리를 누가, 왜 만든 것인지 잘 모르겠습니다. 인가도 없고, 사방이 산뿐인 강을 건널 사람이 얼마나 있겠습니까. 낚시꾼들은 다리에서 고기 낚는 걸 좋아한다죠. 낚시꾼들도 오지 않는 곳입니다. 다리 한가운데에 이상하게 아직도 전기가 끊어지지 않은 가로등 하나만 켜져 있을 뿐, 캄캄합니다. 폐허처럼 방치되어 정리되지 않은 자재들이 굴러다닙니다. 녹슨 못이 발바닥을 찌르곤 합니다.

제 발바닥에 많은 못 자국이 있습니다. 그래도 철조망을 넘어 매일 늦은 밤, 정해진 시간에 이 다리를 찾습니다. 평일도, 주말도, 비가 내려도, 강물이 불어나 다리를 덮칠 것 같아도 다리의 한쪽 끝에서 소주 한 병을 비웁니다. 어둠 속에서 술을 마시다 보면 다리 아래서 흐르는 검은 물소리와 잔으로 흐르는 소주 소리가 헷갈립니다. 한 병을 금방 비우게 되죠.

이십 일 전, 저의 반대편에서 어둠보다 짙은 어둠의 실루엣이 철조망을 넘어 제 쪽으로 오는 것이 아니겠습니까. 저는 '드디어 오는구나.'하고 생각했습니다. 남은 소주 전부를 입에 털어 넣고, 똑바로 보기 위해 눈을 크게 떴습니다. 눈이 시려서인지 눈물이 났습니다. 어서 오라고 중얼거리며 이를 악물었습니다. 그 실루엣은 다리 가운데에 켜진 가로등에 점점 가까워졌습니다. 모습이 드러났는데 기대와 다르게 사람이었습니다. 저는 제 눈을 의심했습니다. 오랫동안 이곳에서 사람을 본 적이 없었습니다. 당신이 처음입니다.

당신은 가로등에서 멈췄습니다. 달을 보며, 강을 보며, 가져온 소주 한 병을 가로등 아래서 잔 없이 마셨습니다. 그리고 왔던 길로 돌아갔습니다. 그날 이후, 당신도 매일 이곳에 오더군요. 놀라지 마십시오. 당연히 저를 못 보셨을 겁니다. 저는 당신이 오고 가는 다리의 반대편에서 조용히 있었고, 가로등은 빛이 약해서 바로 아래밖에 비추지 못하니까요. 저는 당신이 술 마시는 모습을 보았습니다. 그것도 보았습니다. 삼 일 전, 당신이 주변을 살피더니 난간에 올라서던 것을.

난간에서 두 손을 떼고, 두 발로 딛기까지 한참 걸렸습니다. 아기가 처음 두 발로 서는 모습 같았습니다. 떨리는 몸은 이 다리처럼 언제라도 무너질 것처럼 보였습니다. 언제라도 뛰어내릴 것처럼 주먹을 쥐었지만 언제라도 뒤로 자빠질 것처럼 엉덩이가 빠져 있었습니다. 강을 보았다가, 달을 보았다가, 주변을 살폈다가, 발뒤꿈치가 들리는 순간, 몸을 젖혀 뒤로 넘어졌지요. 엎드린 채 한참 어깨만 들썩거렸습니다. 당신은 그제도, 어제도 난간에 올라섰습니다.

저는 태연히 지켜보고만 있던 게 아니었습니다. 말려야 하는지, 구조대에 신고해야 하는지 알 수 없어 당신을 향해 뻗은 손을 떨고 있었습니다. 소리치지 못하고 입만 벙긋거렸습니다. 어떻게 견뎌야 하는지 모르는데 정해진 시간에 매일 찾아온다는 점에서 삶이 죽음보다 잔인하다고, 저는 그렇게 믿는 사람이기 때문입니다.

이 편지는 설득이 목적이 아닙니다. 묻고 싶은 게 있습니다. 당신은 왜 난간에 오르며 주변을 살피는 것입니까. 정말 아무도 없는 건지 확인하려는 것입니까. 말이 되지 않습니다. 이 폐허같은 다리에 당신 말고 누가 있다는 것입니까. 아니면 제발 누구라도 있기를 바랐던 겁니까.

저는 당신이 아프지 않길 바라는 마음에서 오가는 길에 널브러진 녹슨 못들을 치우려고 했었습니다. 매일 당신의 신음을 들었습니다. 그러나 못을 치우지 않기로 했습니다. 당신이 흘린 피의 발자국은 누구도 다녀가지 않은, 오직 당신의 길이라는 증거 같았기 때문입니다.

요청합니다. 앞서 드린 제 질문에 직접 대답해주실 수 있겠습니까. 가로등에서 멈추지 말고, 조금 더 와주실 수 있겠습니까. 가로등을 지나 등지는 순간, 눈앞이 캄캄해질 겁니다. 걷다 보면 이런 생각이 들 겁니다. '끝이 언제 나오는 거야. 이렇게 멀리서 내가 보였다고?' 괜찮습니다. 밝다고, 가까이 있다고 잘 보는 것은 아닙니다. 당신은 의심을 들고 오십시오. 저는 소주 두 병과 안주를 들고 있을게요. 그리고 안주는 소주와 어울리지 않겠지만 작은 케이크로 준비하겠습니다.

바람

생일, 이 글 너무 좋아요! '어떻게 견뎌야 하는지 모르는데 매일 정해진 시간에 찾아오는 삶' 이 구절 공감해요. 누가 자기를 바라봐주길 바라는 마음과 그 마음과 함께 하고자 하는 마음이 느껴져 소설 뒷단락이 뭉클하네요. 작은 케이크 부분에선 제목과도 어우러지고... 다리 위 작은 세상을 잠깐 훔쳐본 느낌이네요.

담화

바우새는 우리들의 작가!!

둘리

ㅎㅎ 우리들의 작가에서 더 나아가길 바라구요. 바우새가 드디어 남의 시선 의식하지 않고 자신에게 잘 맞고, 자신을 잘 드러낼 수 있는 옷을 찾아 입었구나 꼭 그런 느낌이에요. <생일>이란 제목으로 이런 글이 나오다니요. 짧은 분량 소설인데도 공간이 절로 그려집니다. 완공되지 않은 다리, 녹슨 못, 희미한 가로등, 소주병, 모두 적재적소에 잘 배치된 무대 세트를 보는 듯해요. 특히 소주 안주로 생뚱맞은 케이크가 제목과 한 고리로 연결되면서 울림이 있네요. 작품 너무 좋아 흠결은 나중에 천천히 찾아볼게요.

나드

'어떻게 견뎌야 하는지 모르는데 매일 찾아온다는 점에서 삶이 죽음보다 잔인하다'고 믿는 사람이 죽음을 결심했으나 이루지 못한 사람에게 보내는 편지군요. 어둠 속에서 어둠을 응시하며 보낸 이의 마음을 따라가며 읽었어요. 녹슨 못에 찔려 나는 피와 상처쯤은 아무렇지도 않은 발바닥이, 그들이 지나온 삶의 처절함을 드러내고 있는 것 같아요. 가로등 밑에 놓은 편지를 그 사람이 읽게 되기를 바라요. 그래서 어둠 가운데 케이크에 초가 켜지기를요. 아마도 절망과 절망이 만나서 다시 빛으로 태어나는 순간이길 바라며.

그레텔

장소 묘사가 군더더기 다 뺀 미니멀한 연극 무대처럼 느껴졌어요. 인물들과 장소가 하나의 존재처럼 어울려서요. 이렇게 짧아도 완성도 있는 소설이 되는구나, 놀랐습니다. 박수~

당신의 댓글을 기다립니다

*당신 생일에 당신에게 보내는 편지를 써 본다면?

_____

_____

_____

_____

_____

_____

_____

_____

_____

_____

_____

_____

_____

_____

_____

_____

_____

_____

_____

_____

별자리

우리 마을엔 작은 중학교가 있다. 매일 밤 열 시가 되면 나는 학교의 담벼락을 넘는다. 운동장 한가운데로 가서 돗자리를 깔고, 드러눕는다. 주변에 높은 건물과 불빛이 없다. 나는 가져온 망원경으로 밤하늘을 본다. 배율을 최대한 높여 어렴풋한 별의 테두리와 표면을 본다. 모기가 많거나 춥지만 않으면 열한 시까지 본다. 그를 만나기 전까지 이게 내 취미였다.

어느 늦은 밤, 나는 취미를 즐기는 중에 운동장을 가로질러 오는 인기척을 느껴 상반신을 급히 일으켰다. 그는 적의가 없는 목소리로 "저는 이 학교 교사입니다." 라고 자신을 소개했다. "교무실에 노트북을 두고 와서요. 귀찮지만 들렀습니다. 별을 보시는 중인가 봅니다."

나는 망원경을 건네며 말했다. "과학 선생님이 아니시라면 한번 보시겠습니까? 망원경으로 봐야 제대로 볼 수 있습니다." 그는 고개를 저었다. 흙이 정장 바지에 묻지 않게 쪼그려 앉으며 자신은 별보다 별자리를, 망원경보다 눈으로 보는 것을 좋아한다고 했다. 나는 이유를 물었고, 그가 말했다.

"저는 이곳으로 전임 오기 전, 도시의 어느 여고에서 이 년간 근무했었습니다. 제 입으로 말하기 그렇지만 동료 교사와 학생들은 한때 제게 호의적이었습니다. 대개 사람들은 저를 만나면 한때 호기심을 갖거나 쉽게 마음을 엽니다. 보시다시피 제게 눈에 띄게 매력적인 구석은 없습니다만, 저는 태생적으로 허위라는 옷을 입을 수 없는 몸을 타고났습니다. 허위를 입으면 꽉 껴서 몸이 터질 것 같고, 싸구려 섬유가 닿은 피부에 두드러기가 날 것 같고, 지하실에서 꺼내 입은 것처럼 눅눅해서 어떤 상황에서도 거짓된 말과 행동이 나오질 않습니다. 참, 얘기가 길었습니다. 하려던 얘기로 돌아가 보죠. 제가 근무했던 도시의 번화가 어딘가에 골목이 하나 나 있습니다. 초입이 좁고, 어두워서 대부분 못 보고 지나칩니다. 혹은 모른 척 지나가는 것일 수도 있습니다. 저는 삼 주마다 그 골목으로 들어갑니다. 고개를 숙이고, 어깨가 쓸리지 않게 몸을 틀어서 깊이 들어가면 홍등가가 나와요. 그날은 저녁 여덟 시쯤 되었을 겁니다. 골목을 나오는데 번화가를 지나던 동료 여자 교사를 마주쳤습니다. 그녀는 웃으며 인사하더니 어디서 오는 길이냐고 묻더군요. 그녀가 나의 대답을 희롱하는 것처럼 들을까 봐 저는 잠시 망설였습니다. 그러나 거짓말을 머릿속에서 문장으로 완성해서 그대로 따라 읽어보려고 해도 입으로는 사실이 튀어나오는 것을 어떻게 하겠습니까. 저는 골목을 가리키며 "잠깐 홍등가에 들러서 일을 보았습니다."라고 대답했습니다. 그녀는 내 눈을 똑바로 쳐다보다가 "아…" 말끝을 늘이며 인사 없이 빠른 걸음으로 지나쳐갔습니다. 저는 어차피 거짓말을 못 했겠지만, 만약 대충 둘러댔다면 달라졌을까요? 둘러댄다고 달라진다면 대체 무엇이 달라지는 건가요? 저는 알 수 없습니다. 그곳에서는 신음 말고 거짓된 것이 하나도 없습니다. 유혹하기 위해 사랑을 아는 척, 하는 척을 할 필요가 없습니다. 대가와 노동, 진실한 몸만 존재하는 곳입니다. 사랑이 도대체 무엇인지 알지

/ 바우새

못하고, 허위를 입지 못하는 저의 벌거벗은 몸은 홍등가가 아니면 만져줄 곳이 없습니다. 학교 전체에 스멀스멀 저에 관한 소문이 퍼졌고, 다음 학기는 이 학교에서 시작했습니다. 저는 이 일들이 부끄럽지 않습니다. 그리고 다행으로 여기진 않지만 아직까지 이곳에서는 모두와 수년째 잘 지내고 있습니다. 그저 매춘하는 시간을 모두가 잠든 때로 늦췄을 뿐인데요."

그가 말을 멈추자 정적이 흘렀고, 망원경의 무게가 손에 묵직하게 느껴졌다. 나는 물었다.

"별 대신 별자리를, 망원경 대신 눈으로 보는 것을 좋아하는 것과 무슨 상관인가요?"

"별을 확대하고, 확대해서 알 수 있는 것 중 하나는 풀 한 포기 자랄 수 없는 환경이라는 것입니다. 황량합니다. 그러나 그것들을 연결해 멀리서 보면 별자리로 빛나게 되죠. 사람은 별이 아니라 별자리라는 말을 왠지 당신에게 하고 싶었습니다."

바람

별자리, 이야기에 빠져들어 읽었어요. 전개가 매끄럽기 때문이겠죠. 근데 전 마지막 문장이 와닿지는 않았어요. 개인적으로 사람은 별자리라는 말이 이해가 안 되서인가 봐요. 이게 핵심 문장일 텐데 개인 취향으로 이해가 안 되어서... 쿨럭.

담화

저도 이 작품에 흠뻑 젖어 읽었어요. 별자리 이 글의 마지막 말은 사랑이란 결국 맥락 속에서 정의되는 것이라 그런 거 아닐까요? 부분이 아니라 전체로 봐야 사랑이 보이는... 그냥 단순한 제 해석 ㅎㅎ

나드

처음에는 낯선 사람을 만나 내밀한 이야기를 한다는 설정이 개연성이 부족하다고 생각했어요. 하지만 여러 번 읽으니 모르기 때문에 오히려 거리낌 없이 이야기를 꺼낼 수 있었을 거란 생각이 드네요. 교사의 자기 고백은 별자리를 이야기하기 위한 과정이기도 하니까요. 이 글의 결말에서 오래 머무르게 되네요. 타인을 섣부르게 재단하고, 자신의 기준에 부합하지 않는 면이 드러나면 그 사람 전체를 의심하고 비난하고, 때로 뒷담화로 소문내려고 하는 우리의 모습을 돌아보게 되었어요. 허위를 모르는 사람과 매춘은 잘 연결되지 않는 지점이기도 하지만 일정 부분 모순을 가지고 살아가는 우리들의 모습이기도 한 거 같아요.

둘리

홍등가에 습관처럼 드나드는 남자가 동료 교사와 우연히 마주친 사건이군요. 동료 교사는 어디서 오는 길이냐, 물었고 그는 거짓말로 둘러대는 대신 팩트로 응수했을 뿐인데… "잠깐 홍등가에 들러 일을 보았습니다." 이 한 문장이 글에서 발휘하는 힘이 있네요. 솔직함과 진실을 누구나 바라지만 솔직한 진실이 훅 들어오면 우리는 얼마나 받아들일 준비가 되어있는 걸까? 하는 의문이 들었구요. 거짓과 위장도 그냥 옷처럼 되어버린 일상을 거리 두고 보게 하는 작품이었어요. 특히 "그곳에서는 신음 말고 거짓된 것이 하나도 없습니다. 유혹하기 위해 사랑을 아는 척, 하는 척 할 필요가 없습니다." 이 구절에 잠시 멈칫.

문샘

교사의 이야기는 흥미롭지만 이를 둘러싼 액자, 즉 '내'가 그 이야기를 듣게 되는 과정이 다소 덜컹거립니다. 담을 넘어 학교에 들어와 있는 외부인에게 들려주기에는 지나치게 내밀하고 비밀스러운 이야기이기도 하고 이 이야기를 불러내는 질문과 대답 역시 필연적으로 연결되어 있는 것 같지 않습니다. 작가 역시 그걸 알고 있기에 마지막에 "… 무슨 상관인가요?"라고 물을 수밖에 없는 것이겠지요. 교사의 이야기 역시 자세히 들여다보면 두 부분으로 되어있기에 지금과 같은 분량에서는 조금 단순하게 만들어 주실 필요가 있습니다. 마지막으로 '내'가 더 이상 망원경으로 밤하늘을 들여다보지 않는 이유 역시 결말에 제시되면 좋겠습니다.

당신의 댓글을 기다립니다.

#당신이 경험한 불편한 진실이 있다면?

_____

_____

_____

_____

_____

_____

_____

_____

_____

_____

_____

_____

_____

_____

_____

_____

_____

_____

_____

/바우새

여기서 우리는 괜찮은 사람이 됩니다

초판 1쇄 발행 2021년 10월 13일

글쓴이 나드 외 10인
펴낸이 김정한
기획·편집 신혜영
디자인 전병준

펴낸곳 어마마마
임프린트 이불

출판등록 2010년 3월 19일 제 2010-000035호
주소 서울특별시 종로구 율곡로 191-1 디그낙 빌딩 3층
문의 070-4213-5130 (편집) 02-725-5130 (팩스)
이메일 ermamama@gmail.com

ISBN 979-11-87361-14-5 03810